P9-CRF-211

BOOKS BY JEFF KINNEY

Diary of a Wimpy Kid

Diary of a Wimpy Kid: Rodrick Rules

Diary of a Wimpy Kid: The Last Straw

Diary of a Wimpy Kid: Dog Days

Diary of a Wimpy Kid: The Ugly Truth

Diary of a Wimpy Kid: Cabin Fever

Diary of a Wimpy Kid: The Third Wheel

Diary of a Wimpy Kid: Hard Luck

Diary of a Wimpy Kid: The Long Haul

Diary of a Wimpy Kid: Old School

Diary of a Wimpy Kid: Double Down

Diary of a Wimpy Kid: The Getaway

Diary of a Wimpy Kid: The Meltdown

The Wimpy Kid Do-It-Yourself Book

The Wimpy Kid Movie Diary

The Wimpy Kid Movie Diary: The Next Chapter

DIARY o a Wimpy Wean

GREG HEFFLEY'S JOURNAL

by Jeff Kinney

Translatit intae Scots by Thomas Clark

First published 2018 in Scots by Itchy Coo

ITCHY COO is an imprint and trade mark of James Francis Robertson and Matthew Fitt and used under licence by Black & White Publishing Limited.

Black & White Publishing Ltd
Nautical House, 104 Commercial Street, Edinburgh, EH6 6NF

1 3 5 7 9 10 8 6 4 2   18 19 20 21

ISBN: 978 1 78530 214 5

First published in the USA in the English language in 2007
by Amulet Books, an imprint of ABRAMS
Original English title: Diary of a Wimpy Kid (book one)

Book design by Jeff Kinney
Cover design by Chad W. Beckerman and Jeff Kinney

A CIP catalogue record for this book is available from the British Library.

Translation typeset by Creative Link, Haddington
Printed and bound by CPI Group (UK), Croydon, CR0 4YY

TAE MOM, DAD, RE, SCOTT, AND PATRICK

SEPTEMBER

Tuesday

Richt, afore ye say onythin: this is a JOURNAL, aye? No a diary. I ken fine whit it says on the front. But when ma Maw went doon the shops I SPECIALLY telt her tae get yin that didnae say "diary" on it.

Braw. Aw I need is for some bam tae spy me cairtin this book aboot and get the wrang idea.

The ither thing I want tae get oot the road is that this wis ma MAW's idea, no mine.

But she's no richt if she thinks I'm gonnae be writin aboot ma "feelins" or ony o that. Sae if ye're waitin on me giein it aw "Dear Diary" this and "Dear Diary" that, ye can awa and rin.

The anely reason I'm gaun alang wi this at aw is that, wan day, when I'm pure mintit and famous, I'll hiv better things tae dae than staun aboot answerin fowk's stupit questions aw day lang. Sae this book is gonnae be wirth its wecht in gowd.

Nae nae kiddin, I'll be famous yin day. But for noo I'm stuck in high schuil wi this bunch o eejits.

And can I jist say for the record that I think high schuil is the dippitest idea ever inventit. On wan haun, ye've wee stank-dodgers like me that hivnae even hit their growth spurt, and then ye've these muckle gorillas that are needin tae shave twa-three times a day.

And then fowk wunner whit's wi aw the bullyin in high schuils.

If it wis up tae me, like, yer year group wid be based on whit size ye are, no whit age. But I dout then ye'd hiv yer lads like Chirag Gupta that'd still be in Primary Wan.

The day's the first day o schuil, and the noo we're aw jist waitin on the teacher tae hurry up and feenish the seatin chairt. Sae I decidit tae pit a few thochts doon in here jist tae pass the time.

While I mind, here's some awfy guid advice for ye. First day o schuil, aye? Watch oot whaur ye decide tae sit. Itherwise, ye mairch intae the clessroom and plank yer stuff doon on ony auld desk and nixt thing ye ken the teacher's sayin –

And that's you sittin there wi Chris Hosey in front o ye and Lionel James up yer back.

Jason Brill stoatit in five meenits late and he wis aboot tae sit tae nixt tae us and aw. But I managed tae pure hunt him at the last meenit.

See nixt period? I'm scoofin masel a seat wi aw the bonnie lassies the meenit we step in the door. But I doot if I dae that, it'll jist gaun tae shaw I hivnae lairnt a thing fae last year.

Ach, I dinnae ken WHIT the story is wi lassies these days. When we were in primary schuil, it wis aw deid simple. Deal wis, if ye were the fastest rinner in yer cless, ye got yer pick o the lassies.

And in oor Primary Six, the fastest rinner wis Ronnie McCoy.

It's aw a lot mair o a fankle nooadays, but. Noo it's aw aboot the kind o claes ye wear or how mintit ye are or if ye've a nice bahookie or whitever. And louns like Ronnie McCoy are staunin there wi their heids birlin, wunnerin whaur it aw went wrang.

The maist popular laddie in oor year is Bryce Anderson. Pure does ma heid in. See, I've AYEWEYS been wan for the lassies. But lads like Bryce and that hiv anely caught on in the past couple o years.

I mind how Bryce uised tae cairry on back in primary schuil.

But dae I get ony thanks for stickin up for the lassies aw this time? Dae I chocolate.

Like I says, Bryce is the maist popular laddie in oor year, sae aw us ither louns are stuck fechtin it oot for the ither places.

Noo, faur as I can suss it aw oot, I'm somewhaur aroond 52nd or 53rd maist popular this year. Guid news is, but, I'm aboot tae shoot up a place, because Charlie Davies is aheid o me, and he's gettin his braces nixt week.

I try tae gie the skinny on aw this popularity stuff tae ma pal Rowley (wha's like as no floatin richt aboot the 150 mark, by the by), but wi him it jist gans straicht in wan lug and oot the ither.

Wednesday

We'd P.E. the day, sae the first thing I did when we got ootside wis dodge ower tae the basketbaw coort tae check if the Cheese wis still there. It wis and aw, richt eneuch.

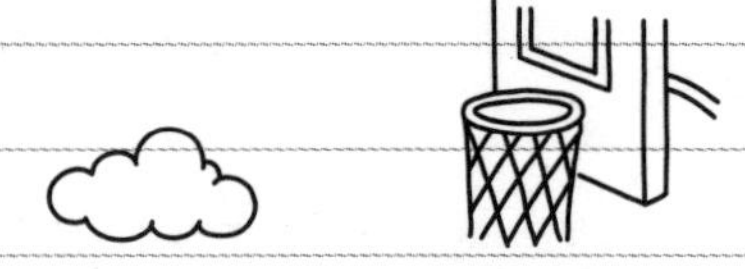

The same daud o Cheese has been sat there since last spring. Must o fell oot o somebody's piece or somethin. Couple o days later, the Cheese stairtit gaun aw fousty and mingin. Fowk stapped playin basketbaw on the coort that had the Cheese, even though it wis the anely yin that had a hoop wi a net.

Then wan day, this lad Darren Walsh gaed up and powked the Cheese wi his fingir, and that's whit stairtit up the Cheesy Fingir. It's kind o like tig. Wance ye get the Cheesy Fingir, that's you stuck wi it, until ye pass it on tae somebody else.

The anely keysies against the Cheesy Fingir is tae cross yer fingirs.

Thing is but, it's no easy mindin tae keep yer fingirs crossed every single meenit o the day. Feenisht up I had tae tape mine aw thegither, jist tae stap me forgettin. I got a D for Haunwritin, but it wis wirth it ony day o the week.

This wan lad cawed Abe Hall got the Cheesy Fingir in April. Rest o the year naebody wid look the road he wis on. He flittit tae California in the summer, and the Cheesy Fingir gaed wi him.

Sae I jist hope naebody stairts the Cheesy Fingir up again. I dinnae need that kind o stress in ma life richt noo.

Thursday

I'm hivvin a pure nichtmare gettin ower the fact that the summer's feenisht wi, and I've tae get oot o bed every morn and gang tae schuil.

It's no even as if ma simmer went aff wi a bang, either. I've ma big brither Rodrick tae thank for that.

Couple o days intae the holidays, richt, Rodrick comes in and wakes us up in the middle o the nicht. Says tae me I've slept through the hale simmer, and it's jist jammy I've woke up in time for the first day back at the schuil.

Aye, awricht, I must hae been awfy glaikit tae faw for that yin. But Rodrick had his schuil claes on, and he'd set ma alairm clock aheid tae mak it look like it wis the crack o dawn. Plus he'd drawn ma curtains sae I couldnae see that it wis still pitch black oot.

Sae efter Rodrick chapped me up, I got ready and gaed doonstairs tae mak masel some breakfast like I dae every ither schuil morn.

I must've been makkin a richt hooley but, because the nixt thing I kent ma Da wis doonstairs, shoutin and roarin at us for ramshin Cheerios at 3:00 in the mornin.

It taen me a wee meenit tae get ma heid roond it aw, like.

But wance I did, I telt ma Da that Rodrick wis the leader-aff on the hale thing, and HE wis the wan should be gettin a shirrackin.

Sae there's ma Da breengin doon tae the basement tae gie Rodrick dixie, and I'm rinnin doon wi him. I couldnae wait tae see Rodrick get his heid in his hauns tae play wi.

But Rodrick had covered up his tracks a belter. And tae this verra day, I'm shuir ma Da thinks I'm wired tae the muin.

Friday

They gied us oor readin groups at the schuil the day.

Noo, naebody comes richt oot and tells ye if it's the Spoff group or the Numpty group ye're in. But ye can mair or less wirk it oot fae the cover o the books they gie ye.

Me, I wis guttit when they telt me I'd been planked in the Spoff group. Aw it means is a load o extra wirk.

When they gied us the tests at the end o last year, I did everythin I could think o tae get in wi the Numpty group this year.

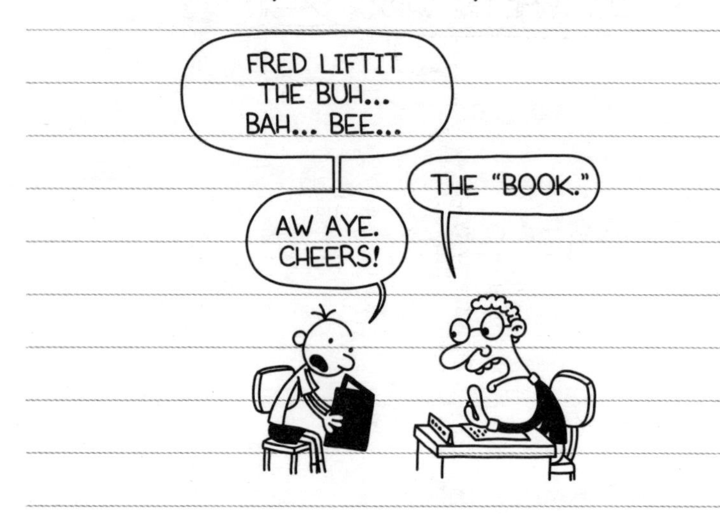

Ma Maw's aw palsy-walsy wi the heidie but, sae I bet ye onythin she's stuck her neb in and made shuir I got intae that Spoff group again.

Ma Maw thinks I'm gey brainy, like. Aw I'm needin is tae "apply" masel, she says.

But if there's wan thing ye can lairn fae watchin Rodrick, it's how tae stap fowk expectin onythin much fae ye. He's at the stage noo whaur they cannae believe it if he does onythin at aw.

Ach, weel. It's mebbe jist as weel I never got pit in the Numpty group.

I seen a couple o the "Bink Says Boo" bairns haudin their books upside doon, and I dinnae think they were kiddin.

Seturday

Weel, that's the first week o schuil finally ower and done wi. Sae the day I had a nice lang lie.

Noo, maist louns are up first thing on Seturdays tae sit and watch cartoons or whitever. But that's no for me. The anely reason I get up oot ma bed at aw on weekends is cause itherwise ye wind up lyin there wi braith like a burst lavvy.

Thing is but, ma Da's clatterin aboot at 6:00 in the mornin nae maitter WHIT day o the week it is, and he's no bothert at aw that normal fowk like masel are jist tryin tae enjoy their Seturdays.

Weel, I didnae hiv onythin else on the day so I jist daundered up tae Rowley's bit.

Officially, Rowley's ma best mate, but atween you and me, I'm open tae better offers.

I've been joukin Rowley since Day Wan o schuil but, because o something he did that had me pure fizzin.

Sae we're gettin oor stuff oot oor lockers at the end o the day, richt? And then Rowley comes up tae me and he says –

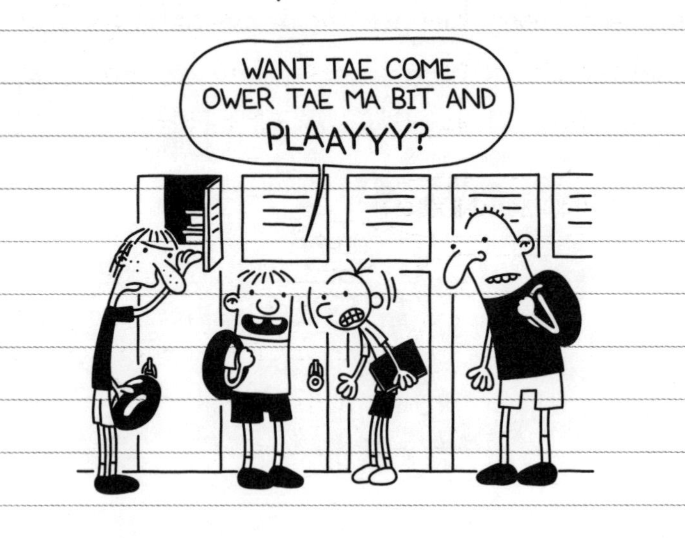

I mean, it's no as if I've no telt him a hunner times. At primary schuil fowk "play". At the big schuil fowk "hing oot". But it disnae maitter how mony heidlocks I pit him in. Ten seconds efter, he's forgot again.

See, I've been tryin ma best tae look efter ma image since I stairtit the high schuil. But Rowley ayeweys hingin aboot disnae help.

It wis a few year ago I met Rowley, when he first flittit intae ma scheme.

His maw'd bocht him this book cawed "How Tae Mak Freends in New Places", and he came tae ma door giein it aw this mental patter.

I dout I must hae felt sorry for the loun, because I decidit tae tak him unner ma wing.

Hivvin Rowley aboot's no been aw bad, cause I can uise aw the tricks on him that Rodrick pulls on ME.

DID YE KEN IF YER HAUN'S MAIR MUCKLE THAN YER FACE IT'S A SIGN YE'RE "CLINICALLY GLAIKIT"?
ZAT RIGHT?

HA! GOT YE!
SKUD!

BUT AM I "CLINICALLY GLAIKIT"?
HMM... LET'S CHECK IT AGAIN.

Monday

Ye ken how I said I'm ayeweys prankin Rowley? Weel, I've a wee brither cawed Manny, but I could NEVER get awa wi pullin ony o that stuff on him.

Ma Maw and Da watch oot for Manny like he's made o gless or somethin. And he never ever gets shoutit at, even when he's pure askin for it.

Like, the ither day, Manny done a pictur o himsel on ma bedroom door in permanent merker. Weel, I thocht ma Maw and Da wid totally gan their dingers, but jist shaws ye whit I ken, eh.

But the main thing that does ma nut aboot Manny is this nickname he's got for me. When he wis still anely wee, he couldnae say "brither" richt, so he stairtit cawin me "Bibby". And he STILL caws me "Bibby" noo, even though I keep tellin ma Maw and Da tae get him tae stap.

I'm jist lucky nane o ma mates hiv twigged yet, but there's been some richt near yins, I'm tellin ye.

Ma Maw maks me gie Manny a haun gettin ready for schuil in the morn. Sae I mak him his breakfast and he taks his cereal bowl ben the livin room and planks himsel on his plastic chanty.

And then, when it's time for him tae gaun tae nursery, he gets up and wanners the rest o his breakfast straicht intae the cludgie.

Ma Maw's ayeweys on ma case aboot me leavin hauf ma breakfast. But if she had tae howk cornflakes oot the bottom o a plastic chanty every mornin, I dinnae think she'd be gettin horsed in aboot her cereal either.

Tuesday

I dinnae ken if I've awready said, but see me? I'm WELL guid at video gemmes. Wan on wan, I could banjo onybody in ma year group. Bet ye.

Sae ye'd think ma Da wid be prood o me, eh? But naw. Aw he does is moan the face aff me tae gaun ootside and dae somethin "sporty".

Weel, the nicht, efter denner, when ma Da stairtit mumpin at us aboot gettin oot the hoose, I tried explainin that video gemmes let ye play sports like fitba and basketbaw and ye dinnae even get aw sweaty and roastin.

And aw the while ma Da's staunin there lookin at us like ma heid buttons up the back.

Ma Da's deid smairt aboot a ton o things, but when it cams tae common sense, he's awa wi the fairies.

Like, ma Da wid hiv ma video gemme console in bits if he could wirk oot how tae dae it. Sae it's jist as weel the fowk that pit these things thegither mak thaim parent-pruif.

Ony time ma Da chases me oot the hoose tae gaun dae somethin sporty, I jist dodge up tae Rowley's bit and play ma video gemmes there.

Thing is but, the anely gemmes ye can play at Rowley's are caur-racin yins and things like that.

See, onytime I bring a gemme up tae Rowley's hoose, his da checks it oot first on this website for parents. And if there's ONY kind o fechtin or barneyin in it, he'll no let us play.

And I'm gettin richt fed-up o playin Formula Wan Racin wi Rowley, because he's no a serious player like masel. Aw ye need tae dae tae beat him is gie ye caur some mental name richt at the stairt.

And then when ye owertak him, he jist pure gauns tae bits.

Sae, aye, efter I'd feenisht giein Rowley his usual tankin, I daundert on up the road. I skelped through the neebur's sprinkler twa-three times, jist tae mak it look like I wis aw sweaty, and ma Da pure fell for it.

I wis too smairt for ma ain guid, but, cause as soon as ma Maw got a swatch o me she sent me upstairs for a shooer.

Wednesday

Weel, ma Da must hae been richt chuffed wi himsel for makkin me gaun ootside yesterday, because there he wis the day, at it again.

It's daein ma bunnet hivvin tae gaun up tae Rowley's onytime I want tae play a video gemme. There's this wee maddy cawed Fregley that steys haufwey atween ma hoose and Rowley's, and he's ayeweys creepin aboot in his front gairden. Sae it's awfy haurd tae gie him the body swerve.

Fregley's in ma P.E. cless at the schuil, and he's got this hale made-up language o his ain. Like, when he needs tae gaun tae the lavvy, he says -

Aw the rest o the cless hiv got the message wi Fregley by noo, but there's still some teachers hivnae sussed him oot yet.

Like as no I'd hiv went up tae Rowley's aff ma ain back onywey, because ma brither Rodrick and his band were practisin doon in the basement.

Rodrick's band are TOTALLY honkin, and I cannae thole bein in the hoose when they're haein a practice.

His band are cawed "Clatty Clootie", anely on Rodrick's van it's spelt "Kläti Klüti".

Ye'll mebbes think he spelt it yon wey jist tae look gallus, but I bet ye onythin that if ye telt Rodrick how "Clatty Clootie" is spelt for real, he'd think ye were on the wind up.

Ma Da never wantit Rodrick tae stairt up his ain band. It wis ma Maw that wis aw for it.

She's the wan that bocht Rodrick his first drum kit.

I think ma Maw's got it intae her heid that we're aw gaun tae lairn some instruments and set up as wan o thae faimly bands ye see on the TV.

Ma Da cannae staun heidbanger music, and that's the kind o music Rodrick and his band play. It's nae odds tae ma Maw whit Rodrick plays or listens tae, because music's aw jist the same tae her. Fact, earlier on, Rodrick wis listenin tae wan o his CDs in the livin room, and ma Maw breenged in and stairtit jiggin alang.

Weel, that scunnert Rodrick like naebody's business, sae he went a hurl doon the shop and came back fifteen meenits later wi some heidphones. And that wis ma Maw's gas set at a peep.

Thursday

The ither day Rodrick got a new heidbanger CD, and it had wan o thae "Parental Wairnin" stickers on it.

I've never had the chance tae hear wan o thae Parental Wairnin CDs because ma Maw and Da willnae let me buy thaim. Sae I kent the anely wey I wis gonnae get a listen tae Rodrick's CD wis if I pochelt it richt oot the hoose.

Efter Rodrick left this mornin, I phoned Rowley and telt him tae bring his CD player intae schuil.

Then I dottit doon tae Rodrick's room and taxed the CD aff his shelf.

Ye arenae meant tae bring personal music players intae schuil but, sae we never got the chance tae dae onythin till efter lunch. Then, soon as the teachers let us gaun ootside, me and Rowley jouked awa roond the back o the schuil and pit the CD in the player.

Coorse, Rowley hidnae brocht ony batteries for the CD player, sae that wis gemme's a bogey.

But then I come oot wi this stoater o and idea for a gemme. Whit it wis, ye'd tae bung the heidphones on yer napper and then try and shoogle thaim aff wioot uisin yer hauns.

Whaever joogled the heidphones aff the quickest wis the winner.

Ma personal best wis seiven and a hauf seconds, but I near eneuch rattled the fillins oot ma teeth for that yin.

But then, jist as we're gettin intae it, Mrs Craig cams stoatin roond the corner and catches us reid-haundit. Weel, she wheechs the CD player straicht aff us and stairts in giein us pure Tokyo.

I think she'd got the wrang idea aboot whit we were up tae, but, cause she wis jist bumpin her gums aboot how rock and roll is "the Deil's wirk" and it's gaun tae waste oor brains and aw that.

Weel, I'm switherin aboot tellin her there's nae batteries in the CD player, but it's wan o thaim whaur ye ken she's no wantin onybody tae interrupt her. Sae I'm jist staunin there waitin until she's feenisht, and then I gie it aw "Aye, miss".

But then, jist when Mrs Craig is aboot tae let us gaun, Rowley bursts oot greetin aboot how he disnae want rock and roll tae waste his "brains".

Sometimes I dinnae ken aboot that boy.

Friday

Weel, the baw's on the slates this time, awricht.

The ither nicht, efter awbody wis awa tae bed, I gaed back doonstairs tae gie Rodrick's CD a wee listen on the livin room stereo.

I stuck Rodrick's new heidphones on and bumped the volume aw the wey up. Then I pressed "play".

First things first. I've got tae say, that "Parental Wairnin" sticker on the CD disnae even STAIRT tae cover it.

And that wis thirty seconds intae the first sang. That wis aw I got the chance tae hear.

Cause it turnt oot I'd no got the heidphones plugged in. The music I wis hearin wisnae comin through the heidphones, it wis beltin straicht oot the SPEAKERS.

Sae ma Da mairches me richt up tae ma room and shuts the door ahint him, and then he says -

Whenever ma Da says "wee man" yon wey, ye ken ye're for it. First time ma Da ever said "wee man" tae me like that, I didnae ken he wis bein sarcastic. Sae I kind o drapped my guaird a bit.

I'll no mak that mistak again.

Sae there wis ma Da roarin at me for ten meenits, till he decidit he'd raither be in his scratcher than staunin in ma room in his kecks. Sae he says that's me groondit fae playin video gemmes for twa weeks, which is aboot whit I'd thocht. I'm gled it wisnae mair, bein honest.

The guid thing aboot ma Da is that he losses the heid, but then he calms doon and that's it ower wi.

Like, maist o the time, if ma Da catches ye bein a wide-oh, he'll jist chuck whitever he's got in his hauns at ye.

GUID TIME TAE ACT IT:

BAD TIME TAE ACT IT:

Ma Maw's no like that, but, no when it comes tae discipline. If ye're up tae somethin and it's ma Maw that catches ye, the first thing she does is tak a couple o days tae wirk oot whit yer paiks should be.

And aw the while ye're daein her aw the guid turns o the day, tryin tae worm yersel aff the heuk.

Then, a few days efter, jist when ye've forgot ye're meant tae be in deepie, THAT'S when she pits the boot in.

Monday

This video gemme ban's pure daein ma heid in. But at least I'm no the anely yin in the faimly whase jaiket's on a shoogly peg.

Rodrick's in ma Maw's bad books and aw the noo. Manny got haud o yin o Rodrick's heidbanger magazines, and wan o the pages has got a pictur o this wumman in a bikini lyin on tap o a motor. Weel, next thing is, Manny gauns and taks it intae nursery for shaw-and-tell.

Safe tae say, ma Maw's no gonnae forget that phone caw in a hurry.

I saw the magazine masel, like, and it wisnae onythin tae get up tae high-doh aboot. But ma Maw disnae let that kind o thing ben the hoose.

Sae Rodrick's puinishment wis that he'd tae answer a bunch o questions ma Maw had written oot for him.

Did haein this magazine mak ye a better person?

Naw.

Did it mak ye mair popular at the schuil?

Naw.

How dae ye feel aboot haein owned this kind o magazine noo?

Pure riddy.

Dae ye hae onythin ye want tae say tae wimmen for haein owned such a maukit magazine?

Sorry, wimmen.

Wednesday

I'm still groondit fae playin video gemmes, sae Manny's been playin ma console. Ma Maw bought a load o educational video gemmes, and watchin Manny play thaim is like hivvin yer teeth pullt.

Guid news is, but, I finally sussed oot how tae get some o ma gemmes past Rowley's da. I jist papped yin o the discs intae Manny's "Discoverin the Alphabet" box, and that's us dancin.

Thursday

At schuil the day, they telt us that the student cooncil elections are comin up. Weel, bein honest wi ye, I've never been bothert aboot rinnin for student cooncil. But wance I'd gied it a thocht, I'd a notion that gittin votit in as Treisurer micht pit me in a different place awthegither at the schuil.

And even better...

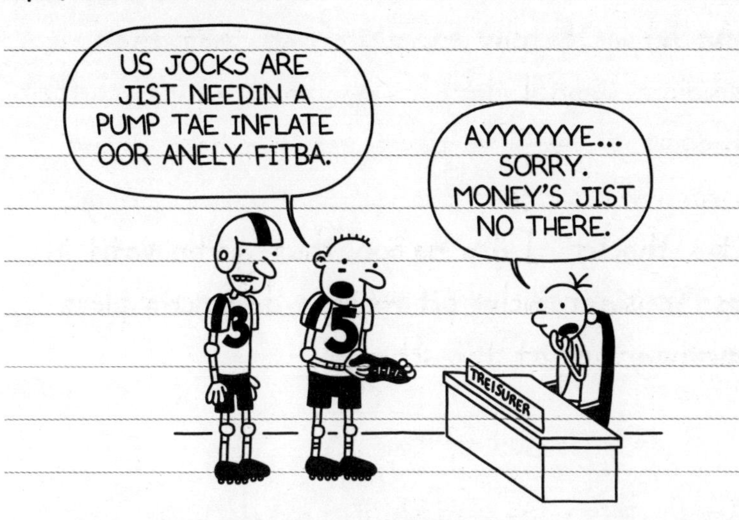

Naebody ever thinks aboot rinnin for Treisurer, because aw onybody's bothert aboot are the heid-bummer jobs like President and Vice-President. Sae I'm thinkin if I stick ma name doon for it the morn, I'll hiv that Treisurer gig on toast.

Friday

Weel, the day I went and papped ma name doon on the list tae rin for Treisurer. Thing is but, this laddie cawed Marty Porter is rinnin for Treisurer and aw, and he's pure stormin at maths. Sae it'll mebbe no be the skoosh I thocht it wid.

I telt ma Da I wis rinnin for student cooncil, and he wis totally booncin. Turns oot he ran for student cooncil when he wis ma age, and he won and aw.

Ma Da went rakin through some auld boxes in the basement and he fund yin o his auld campaign posters.

The hale poster thing wisnae a bad idea, sae I got ma Da tae take us a hurl doon the shop tae grab some gear. I got hunners o poster board and merkers, and I jist sat the rest o the nicht makkin up aw ma campaign stuff. Sae fingirs crossed these posters dae the job.

Monday

I brocht ma posters intae the schuil the day, and I've got tae say, they've turnt oot no that bad at aw.

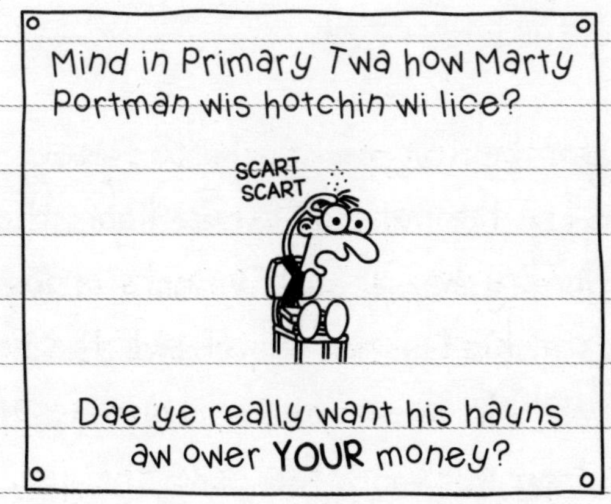

I stairtit stickin up aw ma posters soon as I got in. But they were hairdly up three meenits afore Deputy Heidie Roy clocked thaim.

Mr Roy said ye wirnae alloued tae write "clashmaclaivers" aboot the ither candidates. Sae I telt him that the thing aboot the heid lice wis gen up, and how it jist aboot shut doon the hale schuil that wan time.

But he taen doon aw ma posters onywey. Sae there's Marty Porter gaun aroond passin oot sweeties tae buy himsel some votes and meanwhile ma posters are sittin at the bottom o Mr Roy's bucket. Weel, I think it's safe tae say that's ma political career doon the cludgie.

OCTOBER

Monday

Weel, that's it finally October, and there's anely thirty mair days tae Halloween. Halloween's ma BEST holiday, even though ma Maw says I'm gettin ower big tae gaun oot guisin ony mair.

Halloween's ma Da's best holiday and aw, but no for the same reason. On Halloween nicht, while aw the ither Maws and Das are haunin oot swedgers, ma Da's oot scowkin in the bushes wi a muckle bucket fou o watter.

And if ony teenagers gaun past oor drivewey, he pure droons thaim.

I'm no shuir ma Da gets whit Halloween's aw aboot. But I'm no gonnae be the wan that wastes it for him.

It wis the big openin o the Crossland High Schuil hauntit hoose the nicht, and I got ma Maw tae say she'd tak Rowley and me.

Next thing ye ken, Rowley turnin up at ma hoose wi his Halloween get-up fae last year. When I phoned him afore, I telt him jist tae wear his normal claes. But as usual he slung me a deefie.

I tried no tae get masel in a fankle ower it, but. I've never been alloued tae gaun tae the Crossland hauntit hoose afore, and I wisnae aboot tae let Rowley waste it for me. Rodrick's telt me aw aboot it, and I've been lookin forrit tae it for, like, three years.

Anywey, wance we got tae the wey in, I stairtit hivvin second thochts aboot it.

But ma Maw must hiv been in some hurry tae get it aw ower wi, cause she huckled us richt in. And wance we were in the door, it wis wan fricht efter anither. There were vampires lowpin oot at ye and fowk wi nae heids and aw kinds o mad mental stuff.

But the warst thing wis this bit cawed Chainsaw Close. There wis this muckle gadgie in a hockey mask, and he wis rinnin aboot wi an ACTUAL chainsaw. Rodrick telt me the chainsaw's got a dummy blade, but I wisnae for gettin close eneuch tae check.

Jist when it looked like the chainsaw radge wis aboot tae gie us oor jotters, ma Maw jumped in, and that wis the end o that.

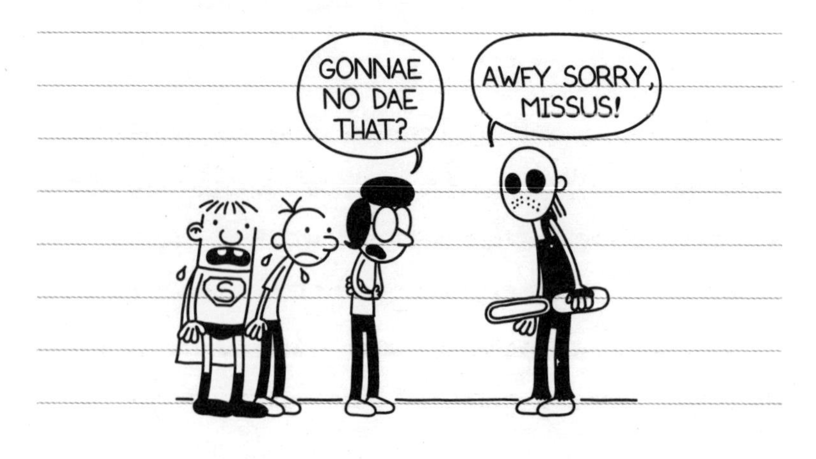

Ma Maw made the chainsaw fellae shaw us the wey oot, and that wis the end o oor hauntit hoose adventure. I ken it wis kind o a riddy when ma Maw went and haunered for us, but I suppose I can turn a blind ee. Jist this wance, like.

Seturday

Yon Crossland hauntit hoose got me thinkin. Thae fellas were askin five quid a shot, and the queue wis haufwey roond the schuil.

Sae I decidit tae dae a hauntit hoose o ma ain. Kind o. I had tae bring Rowley in on the deal, because ma Maw widnae let me turn oor upstairs intae a full-on hauntit castle.

Weel, I kent Rowley's da widnae exactly be made up aboot the idea either, sae we decidit jist tae dae the hauntit hoose in his basement and no let on tae his parents.

Rowley and me spent maist o the day comin up wi a brammer o a plan for oor hauntit hoose.

This wis oor final ootline:

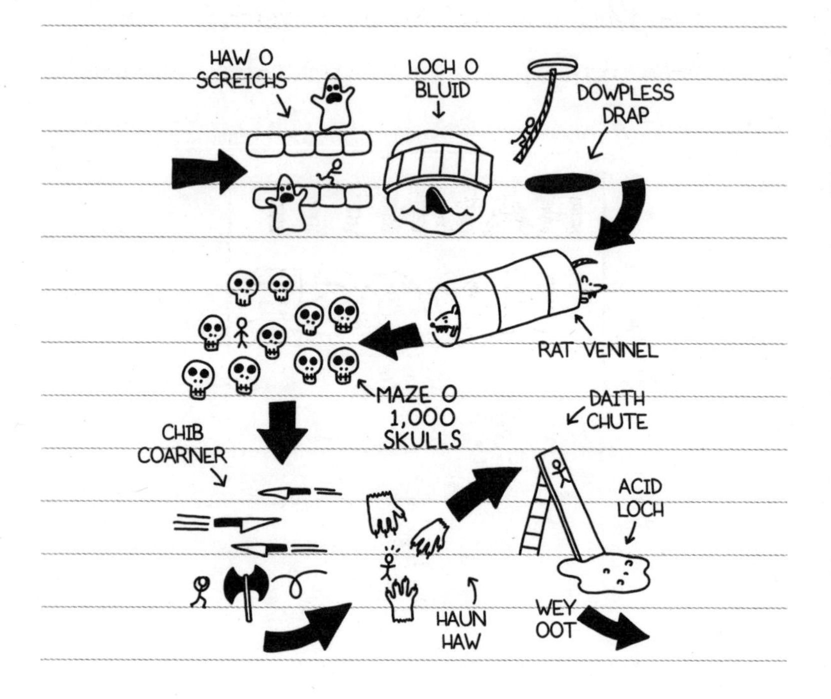

I'm no wantin tae blaw ma ain trumpet or that, but whit we cam up wi wis WELL better than the Crossland High Schuil hauntit hoose.

We kent we were gaun tae need tae pit the wird aboot that we were daein aw this, sae we got haud o some paper and makkit up a guddle o posters.

I'll haud ma hauns up here and say we mebbe taen a wee bit o a lend in oor advert. But we wantit tae mak shuir the punters actually turnt up.

By the time we'd feenisht stickin up the posters aw aroond the scheme and got back tae Rowley's basement, it wis awready hauf twa, and we hidnae even stairtit pittin thegither the actual hauntit hoose yet.

Sae we jist taen oor original plan and cut a few corners.

When it cam up for 3:00, we had a shooftie tae see if onybody had turnt up. And nae danger, there wis aboot twinty bairns fae the scheme aw lined up ootside Rowley's basement.

Weel, I ken oor posters said entry wis fifty pee, but this wis us wi a chance tae finally hit the big time.

Sae I telt aw the bairns that it wis twa quid tae get in and the fifty pee thing wis jist a wee typo.

The first wean tae haun ower his twa quid wis Shane Snella. He peyed his money and we passed him in, then me and Rowley gaed tae oor places at the Haw o Screichs.

The Haw o Screichs wis mair or less jist a bed wi me and Rowley at yin end each.

Except I think we mebbe made the Haw o Screichs a bit ower scary but, because haufwey through, Shane jist curled up intae a baw unner the bed. We tried tae get him tae cam on oot, but he widnae shift.

Weel, aw the while I'm thinkin aboot aw the money we're lossin wi this wee fearty haudin up the Haw o Screichs, and tryin tae wirk oot how tae wheech him oot o there, pronto.

Efter a bit, Rowley's da cam doonstairs. I wis gled tae see him tae begin wi, because I thocht he'd gie us a haun huntin Shane fae unner the bed and gettin oor hauntit hoose back on the go.

But it turnt oot Rowley's da wisnae in the mood tae mak himsel uisefu.

Rowley's da wantit tae ken whit we were up tae, and how come Shane Snella wis bawed up unnerneath the bed.

We telt him that the basement wis a hauntit hoose, and that Shane Snella had actually PEYED guid money for us tae dae this tae him. But Rowley's da wisnae buyin that.

Fair eneuch, if ye'd a wee deek aroond, it didnae look awfy like a hauntit hoose. Aw we had time tae pit thegither wis the Haw o Screichs and the Loch o Bluid, and that wis jist Rowley's auld paddlin pool wi hauf a bottle o tomatae sauce in it.

Sae I tried tae shaw Rowley's da oor original plan, jist tae pruive that this wis a straicht-up business we were rinnin here. But that didnae gaun ower wi him either.

Weel, lang story short, that wis the heavy dunt for oor hauntit hoose.

Guid news is, because Rowley's da didnae believe us, he didnae mak us gie Shane his money back. Sae at least that wis us twa quid up for the day.

Sunday

Sae it wound up wi Rowley gettin groondit ower that hale hauntit hoose rammy the ither day. He's barred fae watchin ony telly for a week, AND I've no tae gaun up tae his bit for the next week, either.

How's that last pairt meant tae be fair, but? I mean, that's ME gettin punished, and I never even did onythin wrang. Whaur am I gonnae play ma video gemmes noo?

Onyweys, I've been feelin deid sorry for Rowley. Sae the nicht, I tried tae mak it up tae him. I pit on wan o thae telly programmes he likes, and I gied him the blaw-by-blaw ower the phone sae's he could kind o follae whit wis gaun on.

I tried ma best tae try and keep up wi whit wis happenin on the screen, but if I'm bein honest wi ye, I'm no shuir Rowley got an awfy lot oot o it.

Tuesday

Weel, Rowley's no groondit ony mair at last, and jist in time for Halloween and aw. I dottit up tae his hoose tae hiv a swatch at his ootfit, and I've got tae say, he's done weel for himsel.

Rowley's maw got him this knicht costume that's aboot a hunner times better than yon hingmy he wis kickin aboot in last year.

Like, this knicht ootfit o his has got a helmet AND a shield AND a real sword. The full whack.

Me, I've never had a costume oot the shop afore. And I've still no really wirked oot whit I'm gaun oot as the morra nicht, sae I'll mebbe jist chuck somethin thegither at the last meenit. Chances are it'll be time for the Bog Roll Mummy tae get anither wee rin-oot.

Then again, they're sayin it's meant tae bucket doon the morra nicht, sae mebbe that's no the best idea.

Thing is, but, the gadgies in ma scheme hiv aw been nippin ma heid aboot the doss costumes I've been comin oot wi this past few years, and I'm stairtin tae wunner if it's hivvin an effect on the amoont o swedgers I'm bringin hame.

But I've no got the time tae pit thegither a brammer o a costume, because I'm ower busy the noo wirkin oot the best route for me and Rowley tae tak the morra nicht.

This time, I've cam up wi a plan that'll haul doon at least twice the swedgers we managed last year, easy peasy.

Halloween

Sae, it got tae aboot an oor afore we were meant tae be gaun oot guisin, and I still hidnae cam up wi a costume. I mean, I wis honestly stairtin tae think aboot gaun oot as a cowboy again, twa years rinnin.

But then ma Maw chapped ma door and gied me a pirate costume, wan that had a heuk and a patch for ma ee and the hale jingbang.

Rowley turnt up aboot 6:30 wi his knicht costume, anely it didnae look onythin LIKE whit it did the ither day.

See, Rowley's maw had went tae toon on it wi aw these safety impruivements, and ye couldnae even mak oot whit he wis supposed tae be ony mair.

She'd cut a muckle hole in the front o the helmet sae's he could see better, and fankled him up fae heid tae fit in aw this reflective tape. Then she'd got him weirin his winter jaiket unner the hale thing, and landit him wi a glow stick insteid o a sword.

Weel, I scoofed up ma pillaecase, and me and Rowley were aboot tae hit the bricks. But ma Maw huckled us afore we could get oot the door.

No real, eh. I should hiv kent when ma Maw gied me that costume that there'd be a catch.

I telt ma Maw there wis nae danger we were takkin Manny wi us, no when we'd a hunner and fifty-twa hooses tae hit in three oors. Forby that, we were plannin on gaun doon Spanner Street, and that's nae place for a bairn like Manny.

Weel, I should hiv kept ma yap shut aboot that last bit, cause the next thing is ma Maw's tellin ma Da he has tae gaun wi us and mak shuir we dinnae set fit ootside oor scheme. Ma Da tried tae git oot o it, but wance ma Maw's made her mind up, ye couldnae chynge it wi a tyre iron.

We'd no even got oot the drivewey afore we bumped intae Mr Mitchell and his laddie Jeremy. Weel, o coorse that wis thaim chummin us and aw.

Manny and Jeremy widnae gaun guisin at ony hoose wi creepy decorations, sae that wis hauf the hooses on the street straicht oot the windae.

Then ma Da and Mr Mitchell stairtit bumpin their gums aboot fitba or somethin, and ony time wan o thaim wantit tae mak a point, the pair o thaim wid stap deid.

Sae we were lucky if we were hittin wan hoose every twinty minutes by then.

Efter a couple o oors, ma Da and Mr Mitchell taen the wee yins hame.

I wis gled, cause it meant Rowley and me could get gaun. Ma pillae-case wis aboot empty, and I wantit tae mak up as much time as I could.

Wee bit efter, Rowley says he's needin "the wee boy's room". I made him haud it in for forty-five meenits. But when we got tae ma granny's hoose, I could tell that if I didnae let Rowley tae the cludgie soon, we were baith gonnae be swimmin hame.

Sae I telt Rowley he had wan meenit, and if he wisnae back ootside by then I wis horsin in tae his swedgers.

Efter that, we were on oor wey. But by then it wis aboot 10:30, and I doot that's when maist adults decide that Halloween is ower wi.

Ye can kind o tell because that's when they stairt comin tae the door in their jammies and shootin ye a pure dirty look.

Sae we decidit tae jack it in. We'd made up a lot o time efter ma Da and Manny left, and we'd got oorsels a fair wee haul when it cam tae swedgers.

Weel, when we were haufwey hame, this pickup truck cam hurlin doon the street wi a load o high schuil gadgies in it.

The wan in the back wis haudin a fire extinguisher, and when the truck shot past us, he let it rip.

Fair play tae Rowley, he stapped aboot 95% o the watter wi his shield. And it's jist as weel he did, cause itherwise oor swedgers wid hiv got a richt dookin.

When the truck drove awa, I shoutit somethin that, aboot twa seconds efter, I wished I hidnae.

The driver slammed the brakes on and spun the truck aroond. Me and Rowley stairtit bombin it, but thae guys were on us like a flee on clairt.

The anely place I could think o that wis safe wis ma Granny's hoose, sae we jumped a couple of backies tae get there. Ma Granny wis in bed awready, but I kent she'd a spare key unner the mat on the front stair.

Wance we got inside, I checked oot the windae tae see if thae guys had follaed us, and they had and aw. I tried tae trick thaim intae gaun awa, but they'd no shift.

Efter a wee bit, wance we'd sussed the teenagers were waitin for us tae cam oot, we decidit we were jist gaun tae hiv tae bide ower at ma Granny's for the nicht. That's when we stairit gettin a wee bit full o oorsels, makkin monkey noises at the teenagers and aw that.

Weel, I wis makkin monkey noises, ony road. Wi Rowley it wis mair like hoolet noises, but he wis in the richt neck o the wids, at least.

I gied ma Maw a ring tae let her ken we'd be steyin ower at ma Granny's the nicht. She near eneuch hit the roof, but.

She telt me it wis a schuil nicht, and I'd tae get hame richt this verra meenit. Sae that meant we were gonnae hiv tae mak a rin for it.

I keeked oot the windae, and this time I never saw the truck. But I kent thae gadgies were jist lyin low somewhaur and waitin tae lure us oot.

Sae we done a fly yin oot the back door, lowped ma Granny's fence, and boltit aw the wey tae Spanner Street. There isnae ony streetlichts there, and I thocht that'd gie us a wee edge in gettin hame.

Spanner Street's shady eneuch wioot haein a truck full o teenagers trackin ye doon, but. Every time we saw a motor comin, we jumped straicht intae the bushes. We must hiv taen aboot hauf an oor tae gaun a hunner yairds.

But believe it or no, we made it aw the wey hame wioot gettin huckled. We never let oor guaird doon, either wan o us, until we were back staunin in ma drivewey.

And jist at that, there wis this awfy screich, and oot o naewhaur we seen this muckle torrent o watter cam straicht at us.

Thing is but, I'd forgot aw aboot ma Da, and that wis us back ontae plums.

Wance me and Rowley got in the hoose, we spread oot aw oor swedgers on the scullery table.

The anely things that wirnae pure wastit were a couple o thae mints wi the plastic wrappers on, and the toothbrushes Dr Garrison gied us.

Ken whit, mebbe next Halloween I'll jist gie the hale thing a chuck and stey in the hoose scoofin Wagon Wheels oot the bowl ma Maw's got on the fridge.

NOVEMBER

Thursday

The bus gaed by ma Granny's hoose on the wey intae schuil the day. Somebody must hiv pure TP'ed it the ither nicht. Surprise surprise, eh.

I kind o feel a wee bit bad aboot it, cause it looked like cleanin it aw up wis gaun tae tak till yon time. But tae be fair, ma Granny's a pensioner noo, sae chances are she never had ony big plans for the day onywey.

Wednesday

Period three the day, oor P.E. teacher Mr Underwood telt us for the next six weeks we'd be daein a unit in wrestlin.

If there's wan thing the lads in oor schuil are mental aboot, it's pro wrestlin. Sae Mr Underwood micht as weel have papped a grenade intae the cless.

We've got Lunch straicht efter P.E., and there wis fowk booncin aff every waw o the canteen.

Ye've tae ask yersel whit this schuil is aw aboot, bringin in a wrestlin unit.

But then I realised that if I didnae want tae spend the next month and a hauf pullin ma heid oot ma ain bahookie, I'd need tae get masel on the baw aboot aw this wrestlin stuff.

Sae I rentit a couple o video gemmes tae get the hing o some o the muives. And ye ken whit? I'd got the knack o the thing in jist aboot nae time at aw.

Tell ye whit, the ither laddies in ma cless better no mess, because if I stick in wi this, somebody oot there's cruisin for a bruisin.

Sayin that, but, I'll need tae mind I dinnae get THAT guid at it. This laddie Peter Ursel got the Athlete o the Month award for bein the best player in the basketbaw unit, sae they stuck his pictur up in the corridor.

It taen aboot five seconds for fowk tae wirk oot how "P. Ursel" soondit when ye said it oot lood, and Peter's never heard the end o it since.

Thursday

Weel, the day I fund oot that the kind o wrestlin Mr Underwood is teachin us has got NAETHIN tae dae wi the wrestlin ye see on the telly.

First oot, we've tae pit on these things cawed "singlets" that look like thae bathin costumes fowk used tae weir in the 1800s.

Then on tap o that, there's nae pile drivers or hittin somebody a dillion ower the napper wi a chair or onythin like that.

There's no even a ring wi ropes aroond it. It's jist a sweaty auld mat that honks like a hunner years wirth o oxters.

Mr Underwood stairtit askin for volunteers sae's he could shaw us some o the wrestling hauds, but nae chance wis I pittin ma haun up.

Me and Rowley tried tae dog awa intae the back o the gym next tae the curtain, but that's whaur the lassies were daein their gymnastics unit.

We bombed it richt on oot o there, and went back tae whaur the rest o the cless were.

Mr Underwood clocked me and pit the huckle on me. I dout it wis cause I'm that much o a skinny-malink he thocht he could chuck me aboot wi wan airm tied ahint his back. He shawed awbody how tae dae aw these things like "hauf nelsons" and "reversals" and "takedoons" and that.

When he wis pittin this wan muive on us cawed a "fireman's cairry", I kind o felt a wee gust o wind doon below, and I could tell my singlet wisnae daein much o a job o keepin me happit.

If naethin else, I wis gled at least that the lassies were up the ither end o the gym.

Mr Underwood split us up intae wecht groups. Weel, at first I thocht that wis jist the verra dab for me, because it meant I widnae be stuck in a square go wi laddies like Benny Wells that can bench press 250 pounds.

But when I foond oot wha I DID hiv tae wrestle, I'd hiv swapped for Benny Wells aw day lang, I'm tellin ye.

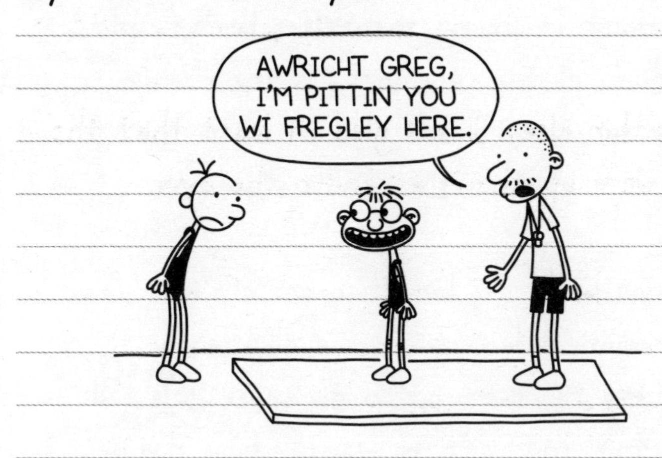

Fregley wis the anely ither laddie licht eneuch tae be in ma wecht cless. And he must hiv been watchin like a hoolet when Mr Underwood wis shawin us whit tae dae, cause he wis pinnin me left, richt and centre. Sae that wis me spendin period seiven gettin tae ken Fregley a LOT better than I ever wantit tae.

Tuesday

Everythin's been totally tapsalteerie at the schuil since this wrestlin unit kicked aff. Everywhaur ye gaun, there's laddies wrestlin each ither, in the corridors, in the clessrooms. The fifteen meenits efter lunch when they let us ootside is naethin but a muckle stramash.

Ye cannae walk the length o yersel wioot fawin ower a couple o lads tryin tae deck each ither. I jist try tae keep oot o it. Cause I'll tell ye somethin for naethin: wan o these dafties is gaun tae wind up rollin straicht ontae yon Cheese, and that'll be the Cheesy Fingir stairtit aw ower again.

The ither thing I could see faur eneuch the noo is that I've tae wrestle Fregley every single day. But I sussed somethin oot this mornin. See, if I can get masel oot o Fregley's wecht cless, I'll no hiv tae wrestle him ony mair.

Sae the day I skelped a load o soacks and claes and that up ma jouk tae get masel up intae the next wecht cless.

But even at that, I wis ower licht tae mak the grade.

Sae the next thing wis tae try pittin on the wecht for real. At first I thocht aboot jist horsin intae some junk food, but then I had a much better idea.

I decidit tae pit the wecht on in MUSCLE, no in fat.

I've never been that bothert aboot buildin up ma muscles afore, but this hale wrestling thing's gied me a wee bit food for thocht.

See, I'm thinkin that if I can pit some meat on ma bones the noo, it'll pey aff somewhaur doon the road.

The American fitba unit is comin up in the spring, and they split the teams up intae shirts and skins. And I AYEWEYS get pit wi the skins.

I'm shuir they dae it jist tae gie aw the oot-o-shape lads a pure riddy.

But if I can jist bulk oot a wee bittie aforehaund, it'll be a different story come April, sae it will.

The nicht, efter denner, I got ma Maw and Da thegither and telt thaim ma plan. I said that I wis gonnae need some decent exercise equipment, and some o yon wecht-gain pooder tae.

I shawed thaim some o the muscle magazines I got doon the shop sae they could see whit a tank I wis gonnae wind up bein.

Ma Maw hairdly said onythin for a bit, but ma Da wis richt intae the hale thing. I think he wis jist gled I'd kicked on a wee bit fae how I uised tae be when I wis a bairn –

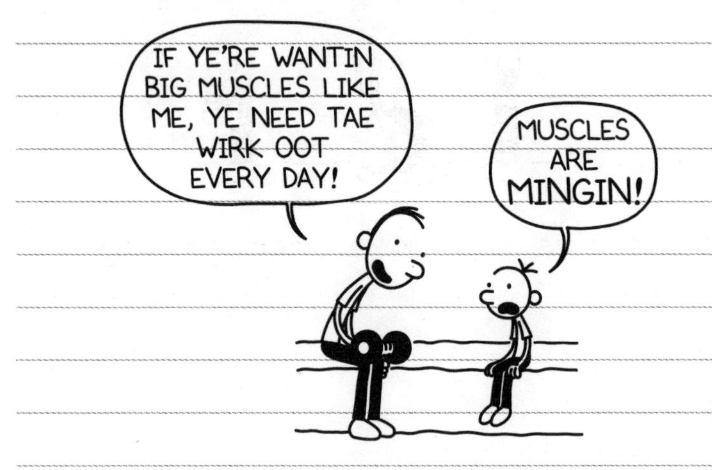

But ma Maw said that if I wantit ma ain set o wechts, I'd need tae shaw thaim I could set masel an exercise routine and stick wi it. And accordin tae her, that means daein sit-ups and star jumps for twa weeks.

Weel, I'd tae explain tae her that the anely wey tae hiv muscles oot tae here is tae get the kind o fantoosh machines they've got at the gym, but she wisnae for hivvin it.

Then ma Da chimes in that if it's a bench press I'm wantin, mebbe Santa will be guid tae me this Christmas.

But Christmas is no for anither month and a hauf. And if I get pinned by Fregley wan mair time, I'm gaun tae wind up takkin a hairy fit.

Sae it looks like ma Maw and ma Da are jist nae uise tae onybody. I dout if I'm wantin tae get onythin done, I'll need tae rowe up ma sleeves and dae it masel. As usual.

Seturday

I couldnae wait tae get fired in tae ma wecht-trainin programme the day. Even though ma Maw widnae let me get the equipment I wis needin, I wisnae aboot tae let a wee thing like that stap me.

Sae I went in the fridge and emptied oot the milk and the orange juice jugs and filled thaim up wi saund. Then I taped thaim ontae a broom-haunle, and that wis me wi a guid wee barbell.

Efter that, I done up a bench press oot o an ironin board and a couple o boxes. And wance I'd got that aw set, that wis me ready tae dae some quality liftin.

I needit a spottin pairtner, sae I gied Rowley a phone. Weel, when he turnt up at ma door kittit oot in aw the stupit-lookin claes o the day, I kent I shouldnae hiv bothert askin him.

I made Rowley uise the bench press first, maistly because I wantit tae see if the broom-haunle wis sturdy eneuch.

He managed aboot five reps afore he wis ready tae chuck it, but I widnae let him. That's whit bein a guid trainin pairtner's aboot. Pushin fowk tae dae mair than they think they're able.

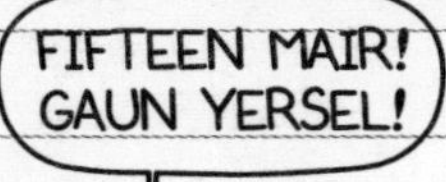

I kent Rowley wis never gonnae be as full on aboot the wecht-liftin thing as I wis, sae I decidit tae gie him a wee test, tae see how focused he wis.

Richt in the middle o his set, I went and got this kid-on nose and moustache that Rodrick has in his bottom drawer.

And jist when Rowley had the barbell doon ontae his chist, I leaned ower and lookt at him.

And richt eneuch, Rowley TOTALLY went tae bits. He couldnae even get the barbell back up aff his chist. I thocht aboot giein him a haun, but then I realised that he needit tae screw the bobbin a bit if he wis ever gonnae get tae ma level when it cams tae wirkin oot.

I'd tae end up helpin him, because he stairtit chowin the milk jug tae let the saund rin oot.

Efter Rowley got up aff the bench press, it wis ma shot at daein a set. But Rowley telt me he didnae feel like wirkin oot ony mair, and he went up the road.

Well seen, eh. I'd kent it wis comin, but. Ye cannae expect awbody tae hiv the same wirk ethic as yersel.

Wednesday

We had a test in Geography the day, and bein honest wi ye, I've been lookin forrit tae this yin for quite a wee while.

See, the test wis on state capitals, and I sit up the back o the cless, richt next tae this ginormous map o America. Aw the capitals are on it in in muckle reid letters, sae this wis gaun tae be a richt skoosh and a hauf.

But jist wance we were ready tae stairt, Patty Farrell shoutit oot up the front o the cless.

Patty clyped tae Mr Ira aboot the map, and telt him he should pit somethin ower it afore we stairtit.

Sae thanks tae Patty, I endit up makkin a richt dug's denner oot o the test. Weel, I anely hope I get the chance tae dae her a guid turn like that, I'm tellin ye.

Thursday

Ma Maw cam up tae ma room the nicht, and she'd a leaflet in her haun. Soon as I clocked it, I kent EXACTLY whit it wis.

It wis tae let fowk ken that the schuil is haein auditions for a winter play. I kent I should hae papped that thing in the bucket as soon as I spied it on the scullery table, nae nae kiddin.

Weel, I wis doon on ma hauns and knees askin her no tae mak me pit ma name forrit. Thae schuil plays are ayeweys musicals, and the last thing I'm needin the noo is tae hiv tae croon a wee number in front o the hale schuil.

But aw I got for ma beggin wis makkin ma Maw aw the mair shuir it wis somethin I should dae.

Ma Maw said the anely wey I wis gaun tae wind up a "lad o pairts" wis by tryin different things.

Then ma Da cam stoatin in tae ma room tae see whit the crack wis. I telt him that ma Maw wis makkin me pit ma name doon for this schuil play, and that if I'd tae stairt gaun tae rehearsals, ma wecht-liftin schedules wid be oot the windae.

I kent that'd get ma Da onside. Him and ma Maw went back and forrit ower it for a wee bit, but that wis anely ever gaun tae end wan wey.

Lang story short, the morra I've tae audition for the schuil play.

Friday

Sae, the play they're pittin on this year is "The Wizard o Oz". Loads o fowk cam alang aw done up as the characters they were auditionin for.

Coorse, I've never even seen the film afore, sae tae me it wis like walkin intae a pure madhoose.

Mrs Norton, the music director, made awbody sing "Ma Kintrae Tis o Thee" sae she could hear oor singin voices. I did ma singin tryoots alang wi a bunch o ither lads whase maws had made thaim cam and aw. I tried tae sing as quietly as I could, but o coorse I got singled oot onyweys.

I hivnae a scooby whit a "soprano" is, but fae the wey the lassies were pure endin theirsels, I kent it wisnae onythin tae tell yer pals aboot.

The tryoots gaed on and on. The big feenish wis meant tae be the auditions for Dorothy, the lassie the hale play's meant tae be aboot.

And wha wis tryin oot first but Patty Farrell.

I thocht aboot gaun for the pairt o the Witch, because I heard that in the play the Witch is aye pullin these richt shady stunts on Dorothy.

But then somebody telt me there's a Guid Witch and a Wickit Witch, and kennin ma luck, I'd be nailed on tae get hit wi the guid yin.

Monday

I wis hopin Mrs Norton wid jist bomb me oot o the play, but the day she said that awbody wha tried oot will get a pairt. Ya dancer, eh.

Mrs Norton pit on the film o "The Wizard o Oz" sae awbody wid ken whit it wis aboot. I wis tryin tae suss oot whit pairt I should shoot for, but near eneuch awbody in it has got tae dae a wee sang or a dance at some point. But then, aboot haufwey through the film, I wirked oot whit pairt I wantit tae play. I'm gaun tae ask tae be a Tree, because 1) they dinnae hiv tae sing, and 2) they get tae tan Dorothy wi aipples.

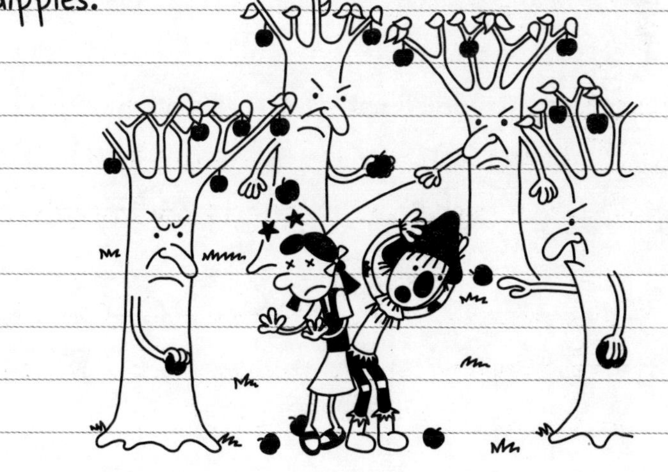

Gettin tae nail Patty Farrell wi an aipple in front o a crood wid be aw ma Christmases at wance. I'll mebbe even shak ma Maw's haun for makkin me pit ma name doon, wance the hale bit's done wi.

Efter the film wis finished, I signed up tae be a Tree. Thing is, there wis hunners o lads pittin their names doon, sae I dout I'm no the anely yin that's taen a scunner tae Patty Farrell lately.

Wednesday

Weel, it's like ma Maw ayeweys says: be careful whit ye wish for. I got picked tae be a Tree, but it's no really awthin it's cracked up tae be. The Tree costumes dinnae hiv ony airm-holes, sae that's gemme's a bogey for the aipple-skelpin.

I dout I should be gled I got a speakin pairt at aw. They had ower mony fowk at the tryoots and no eneuch pairts tae gaun roond, sae they've had tae mak up aw these new characters.

There's Rodney James. Wan meenit he's auditionin tae be the Tin Man, the next he's landit wi playin a Bush.

Friday

Mind how I wis sayin that I wis lucky tae get a speakin pairt? Weel, turns oot the day I've anely got yin line in the hale jingbang. It's when Dorothy chores an aipple aff ma branch.

Nae nae kiddin. I've tae turn oot for a twa-oor rehearsal every single day jist sae I can say wan stupit wird.

It's lookin tae me as if Rodney James did awricht for himsel gettin the Bush. He's managed tae wirk oot how tae sneak a video gemme in wi his costume, sae at least he'll no be climbin the waws.

Sae I'm busy rackin ma brains tryin tae think o a wey tae get Mrs Norton tae gie me the heavy dunt aff the play. But it's no easy tae mak a guddle o yer lines when ye've anely got yin line tae say.

DECEMBER

Thursday

There's anely a couple mair days left until the play, and I hivnae a scooby how they think this is aw gaun tae wirk.

First aff, naebody kens ony o their lines, and that's aw thanks tae Mrs Norton.

Aw through the rehearsals, Mrs Norton's been whusperin fowk's lines tae thaim fae the side o the stage.

Sae I dinnae ken how that's gaun tae cam aff next Tuesday when she's sittin there at her piano thirty feet awa.

And it's no jist the lines that are aw up in the air. See, Mrs Norton's still comin up wi aw these new characters and new scenes.

Ither day there, she turns up wi some wee Primary Wan bairn that's gonnae play Dorothy's dug, Toto. Then the wean's maw cams in the day and says she wants her bairn walkin on twa legs, because scrammlin aboot on his hauns and knees wad be ower "degradin".

Sae that's us got a dug that'll be stoatin aboot on his back legs the hale play.

But the chynge that's scunnert me the maist is that Mrs Norton went and wrote a new sang jist for us TREES tae sing. She said awbody "deserves" a wee shot at singin in the play.

Sae the day we spent an oor lairnin the maist doitit sang ye've ever heard in yer puff.

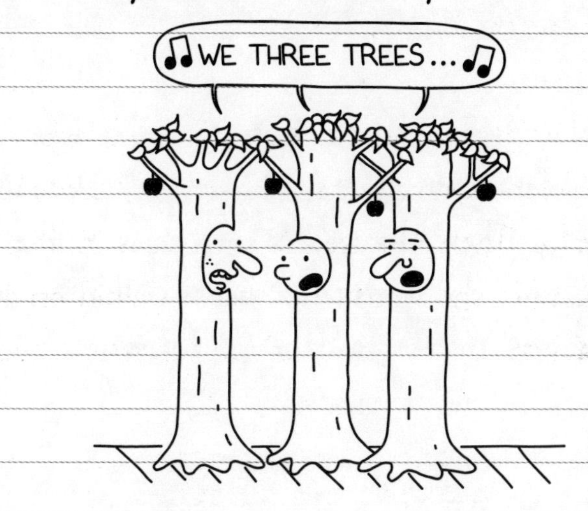

At least Rodrick willnae be there tae see me takkin a pure beamer. Mrs Norton says the play's gonnae be a "semiformal do", and there's no a snawbaw's chance Rodrick's gaun tae pit on a tie jist tae watch a schuil play.

The day wisnae a total write aff, but. Near the end o rehearsals, Erchie Kelly taen a heider ower Rodney James and chipped his tooth because he couldnae stick his airms oot tae catch himsel.

Sae the guid news is they're lettin the Trees cut oot airmholes in time for the performance.

Tuesday

The nicht wis oor big schuil production o "The Wizard o Oz". I kent afore the play had even stairtit that the hale thing wis gonnae be a nichtmare.

I wis hivvin a wee swatch through the curtain jist tae see how mony punters had turnt up, and guess wha wis staunin richt up front? Ma brither Rodrick, weirin a clip-on tie.

Somebody must've let on tae him I'd be singin, and he couldnae pass up the chance tae see me mak a pure tumshie oot masel.

The play wis meant tae stairt at 8:00, but it wis late because Rodney James had stage fricht.

Ye'd think that if yer job wis jist tae sit there bein ornamental, ye'd manage tae haud it thegither for at least wan performance. But Rodney wisnae for muivin, and eventually his maw had tae cam and cairt him oot.

The play never stairtit till aboot 8:30. Naebody could mind their lines, jist like I says, but Mrs Norton kept it aw hummin alang wi her piano.

The wean that played Toto brocht a stool and a stack o comic books oot ontae the stage, sae that wis the hale "dug" bit knacked and aw.

Then, when we were comin up for the scene in the wids, me and the ither Trees jinked oot tae oor spots. The curtains went up, and as soon as they did, I heard Manny shoutin.

Well seen. Five years I've managed tae keep that nickname unner wraps, and aw at wance the hale toon's in on it. I could feel three hunner sets o ee-baws aw swivellin in ma direction.

Weel, it anely taen wan wee ad-lib tae mak shuir it wis Erchie Kelly that ended up takkin a pure riddy insteid o me.

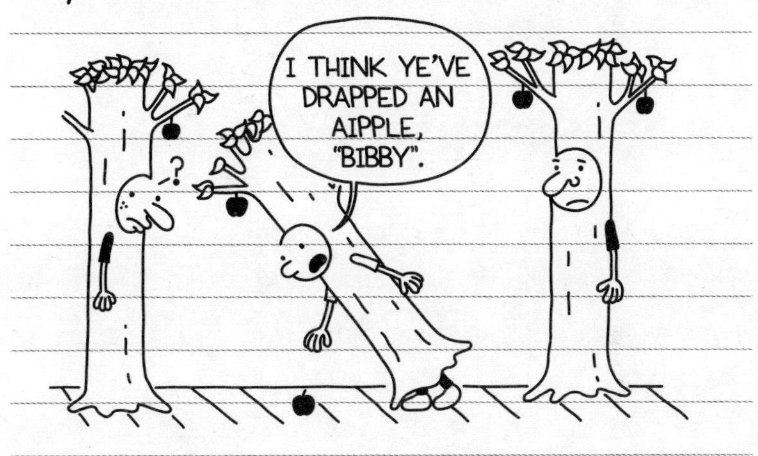

But the beamer tae end aw beamers wis still in the post. When Mrs Norton played the first bit o "We Three Trees", ma stomach wis in knots.

I lookt oot intae the audience, and that's when I noticed that Rodrick wis haudin a camcorder.

I'm no daft, like. If I stairtit beltin oot the sang and Rodrick filmed me daein it, I kent he wid hing ontae that tape forever and embarrass me wi it for the rest o ma life.

I didnae ken whit else tae dae, sae when the time cam tae gie it laldy, I jist cloyed up.

Weel, jist for a wee meenit it lookt like that wid dae the job. As lang as I wisnae actually singin, Rodrick widnae hiv hee-haw tae take the mickey oot me for. But then, efter a bit, the ither Trees noticed that I wisnae jinin in.

I dout they must've thocht I kent somethin they didnae, because they aw clamped it tae.

Sae that wis the three o us aw jist staunin there, no makkin a peep. Mrs Norton must hae thocht we couldnae mind the wirds tae the sang, because she shooftied ower tae the side o the stage and whuspered the next wee bit up tae us.

The hale sang cannae be mair than aboot three meenits, but tae me it felt like an oor and a hauf. I wis jist haudin ma braith for the curtains gaun doon sae we could bomb it aff the stage.

That's when I spotted Patty Farrell scowkin in the wings. If looks could kill, we three Trees wid hiv been pushin up daisies. I dout she thocht we were wastin her big chance tae mak it tae Broadwey or that.

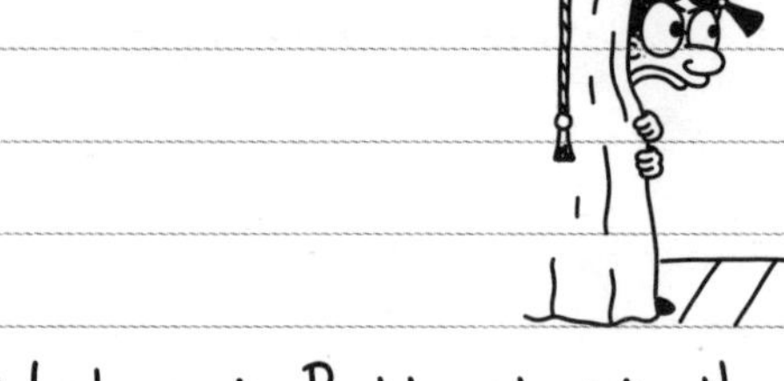

Weel, seein Patty staunin there mindit me why I'd signed up tae be a Tree in the first place.

Next thing is, aw the ither Trees are skelpin aipples aff her and aw. I think even Toto wis gettin wired in.

Somebody panned the specs richt aff Patty's coupon and smashed yin o the lenses. Weel, Mrs Norton had tae gie up on the play efter that, because Patty cannae see the length o hersel wioot her glesses on.

Efter the play wis done, I went hame wi ma faimly. Ma Maw had brung wan o thae bouquets o flooers, and I suppose they must hiv been meant for me. But she jist papped thaim straicht in the bucket on the wey oot.

I jist hope awbody that cam tae see the play had as guid a time as I did.

Wednesday

Weel, if there's a silver linin tae the hale fiasco wi the play, it's that I'll no need tae worry aboot yon "Bibby" nickname ony mair.

Erchie Kelly wis gettin pure pelters in the corridor efter fifth period the day, sae it looks like I'm aff the heuk for a wee bit, onyweys.

Sunday

Wi aw the hoo-ha that's been gaun doon at the schuil, I've no had ony time tae think aboot Christmas. And that's us no even ten days left tae gaun.

Fact, I'd still be gaun aboot nane the wiser if Rodrick hidnae went and stuck his Christmas wish list up on the fridge door.

Maist years I pit thegither a muckle wish list, but this Christmas, aw I'm really bothert aboot gettin is this video gemme cawed Twistit Wizard.

Manny wis hustlin through the Christmas catalogue the nicht, tickin aff aw the things he wants wi a muckle reid bingo pen. He wis pittin circles aroond jist aboot every toy in the hale book. He wis even circlin aw this awfy dear stuff like a muckle motorised caur and that.

Weel, I jist had tae stick ma oar in and gie him some solid big-britherly advice.

Whit I telt Manny wis that if he circled a ton o stuff that wis ower dear, he wis jist gonnae wind up gettin a load o claes for Christmas. Whit he needit tae dae wis pick three or fower presents that wirnae that expensive, and then he'd wind up wi twa-three things he actually wantit.

Manny jist dingied us and went richt back tae circlin hauf the toys in the catalogue again. Sae I dout he'll hiv tae find oot the haurd wey.

When I wis seiven, there wis anely wan thing I really wantit for Christmas: a Barbie Dream Hoose. And it WISNAE because I'm intae toys for lassies, whitever Rodrick says.

It wis jist that I thocht it'd mak a barrie wee hideoot for ma toy sodgers.

When ma Maw and Da lookt ower ma wish list that year, the twa o thaim got in a muckle rammy aboot it. Ma Da said there wisnae a cat's chance I wis gettin a doll's hoose, but ma Maw said it wis healthy for me tae try oot different kinds o toys.

Will wunners ever cease? Ma Da actually WON. He telt me tae stairt ma wish list ower and pick oot toys that were mair "appropriate" for laddies.

But I'd wan mair ace up ma sleeve when it came tae Christmas presents. See, ma Uncle Chairlie ayeweys gets me onythin I want. Sae I said tae him that I wis efter that Barbie Dream Hoose, and he telt me it wis a done deal.

On Christmas, when Uncle Chairlie gied me ma pressie, it wis NO whit I'd asked for. He must've went intae the toy shop and scoofed up the first thing he saw that had "Barbie" on it.

Sae if ye ever get shawn a photie o me whaur I'm haudin a Beach Fun Barbie, at least noo ye'll ken whit the story wis.

Ma Da wisnae awfy chuffed when he saw whit ma Uncle Chairlie had got me. He telt me I'd either tae chuck it or gie it tae the charity shop.

But I kept it onywey. And awricht - I micht even hiv taen it oot tae play wi, wance or twice.

That's how I finished up at the A&E twa weeks later wi a pink Barbie shoe stuck up ma neb-hole. And dae ye think Rodrick has ever let me forget it? Aye, richt.

Thursday

Me and ma Maw gaed oot the nicht tae get a present for the Giein Tree up the kirk. The Giein Tree is kind o like a Secret Santa thing, except the present ye're buyin is for somebody that's deid puir and that.

Ma Maw went for a reid woolly jumper for oor Giein Tree gadgie.

I tried tae talk her roond tae gettin him somethin a bit mair gallus, likesay a TV or a slushie machine or somethin like that.

I mean, imagine if the anely present ye got at Christmas wis a woolly jumper.

Pound tae a penny oor Giein Tree guy will pap his jumper straicht in the bin, alang wi the ten tins o tatties we gied him durin the Food Bank Drive.

Christmas

When I got up this mornin and gaed doonstairs, the livin room wis chock-a-block wi presents. But when I stairtit hivvin a wee rake, I couldnae find hairdly ony that were for me.

But Manny hit the jackpot. He got EVERY last thing that he circled in the catalogue, nae kiddin. Bet he's gled he slung me a deafie.

Efter a bit, I wis able to howk oot a couple o wee things that had ma name on thaim, but it wis aw jist books and soacks and aw that bumph.

I opened ma gifts in the corner ahint the couch, because I dinnae like openin presents aroond ma Da. Soon as onybody tears intae a present, ma Da's richt in there tae redd up efter thaim.

I gied Manny a toy helicopter and Rodrick some book aboot heidbanger bands. Rodrick gied me a book and aw, but he couldnae be bothered tae wrap it or that. The book he got me wis "Best o Wee Teenie Leek". "Wee Teenie Leek" is, like, the maist bowfin comic in the hale paper, and Rodrick kens I cannae stick it. This is aboot the fourth year rinnin he's gied me a "Wee Teenie Leek" book for Christmas.

I gied ma Maw and Da their pressies. Every year I get thaim the same kind o thing, but parents pure luve aw that stuff, ye ken.

The rest o the faimly stairtit turnin up back o 11:00, and ma Uncle Chairlie pit in an appearance at nuin.

Uncle Chairlie had this muckle binbag full o pressies, and he'd ma present sittin there richt at the tap.

The present wis jist the richt shape and size tae be a Twistit Wizard gemme, sae I kent ma Uncle Chairlie had done the business, awricht. Ma Maw got the camera ready and I wired intae the wrappin paper.

Turnt oot it wis jist an 8 x 10 photie o ma Uncle Chairlie.

I suppose I wis meant tae burst oot in fairy lichts or somethin, because ma Maw stairtit up wi the pettit lip. I'm gled I'm anely a laddie still, because if I'd tae act aw chuffed aboot the kinds o presents grown-ups gie each ither, I couldnae hack it.

I needit tae tak a wee meenit tae masel, sae I went up tae ma room. I'd hairdly parked ma bahookie afore ma Da cam chappin at ma door. He telt me there wis a present for me oot in the garage, and the reason it wis oot there wis because it wis ower muckle tae wrap up.

Weel, I went doon tae the garage, and sittin there wis a brand-new set o wechts.

It couldnae hiv been cheap, like. But I didnae hiv it in me tae tell ma Da I'd kind o gied up on the hale wecht-liftin bit when oor wrestlin unit finished last week. Sae aw I said wis "thanks".

Ma Da lookt as if he wis wantin me tae drap doon and stairt daein reps or that, but I jist thocht up an excuse and gaed ben the hoose again.

Back o 6:00, the rest o the faimly aw shot the craw.

Sae I wis sat there on the couch, watchin Manny get in aboot his toys, and I wis kind o feelin a bit doon in the dumps. Then ma Maw cam ower and said she'd jist found a present wi ma name on it that wis doon ahint the piano, and it said on it "Frae Santa".

The box wis ower muckle for Twistit Wizard, but ma Maw did that hale "big box" scam on me last year and aw, wi a memory caird she'd got me for ma gemmes console.

Sae I tore open the parcel and wheeched oot ma present. It wisnae Twistit Wizard, but. It wis a muckle reid woolly jumper.

First thing wis, I thocht it must be ma Maw's idea o a joke, because it wis the exact same kind o jumper we'd got for oor Giein Tree guy.

But then ma Maw wis lookin awfy glaikit hersel. She said that she HAD bocht me a video gemme, and she hidnae a scooby how yon jumper had endit up sittin in ma parcel.

And that's when then it hit me. I telt ma Maw there must hiv been a guddle wi the presents, and I'd got the gift for the Giein Tree guy, and he'd got mine.

Ma Maw said she'd uised the same kind o wrappin paper for baith the gifts, sae she must've jist pit the wrang names on the tags.

But then ma Maw said it wis actually guid how it had aw wirked oot, because the Giein Tree gadgie wid be ower the muin aboot gettin such a brammer o a present.

I'd tae tell her that ye need a gemmes console and a telly tae play Twistit Wizard, sae the gemme by itsel wid be nae guid tae him at aw.

Sae even though ma Christmas wisnae exactly whit ye'd caw a day tae remember, at least it wisnae as bad as yon Giein Tree gadgie's Christmas.

Sae I decided jist tae write the hale Christmas thing aff as a bad job, and I taen a wee daunder up tae Rowley's bit.

I'd forgot tae get a Rowley a present, but, sae I jist stuck a bow on the "Wee Teenie Leek" book Rodrick had gied me.

And that gaed doon no bad at aw.

Rowley's Maw and Da are totally mintit, like, sae I can usually coont on thaim tae get me somethin hauf-decent.

But Rowley said that this year he'd chosen ma pressie himsel. Then he taen me ootside tae shaw me whit he'd chose.

Frae the wey he wis biggin it up, I thocht he must hiv got me a widescreen TV or a motorbike or that.

But that wis me gettin ma hopes up, as per usual.

It wis a Big Wheel Rowley had got me. Weel, mebbe I'd hiv thocht that wis pure gallus when I wis in, like, Primary Three, but I dinnae ken whit I'm meant tae dae wi wan noo.

Rowley wis that chuffed wi himsel that I tried ma best tae act as if I wis aw made up aboot it.

We gaed back ben the hoose, and Rowley shawed me whit he'd got for Christmas.

It wis a lot mair than I did, pit it that wey. He even got Twistit Wizard, sae at least I can hiv a shot when I gaun up tae his bit. Weel, until his Da clocks aw the fechtin that's in it, onyroads.

And, by the wey, ye've never seen onybody pure cheesin it ower onythin like Rowley wis wi yon "Wee Teenie Leek" book. His Maw telt me it wis the anely thing on his list that he'd never got.

Weel, I'm gled SOMEBODY got whit they wantit this Christmas.

Hogmanay

In case ye're wunnerin whit I'm daein in ma room at 9:00pm on Hogmanay, here's the story.

Sae earlier on, me and Manny were hivvin a wee muck-aboot doon in the basement. I'd spottit a totey wee daud o black threid on the carpet, and I wis kiddin on tae Manny it wis a speeder.

Then I dangled it ower his heid, lettin on as if I wis gonnae mak him swallae it.

I wis jist aboot tae let him up when Manny battit oot and papped the threid richt oot o ma haun. And nae prizes for guessin whaur it went. Straicht intae the wee haufwit's gub.

Weel, Manny jist threw a total flakie. He bombed it straicht upstairs tae ma Maw, and I kent that wis me for the high jump.

Manny telt ma Maw I made him swallae a speeder. Sae I says tae her it wisnae a speeder, jist a totey wee baw o threid.

Weel, ma Maw taen Manny ower tae the scullery table. Then she pit a seed, a raisin and a grape ontae a plate and telt Manny tae point at the thing that wis aboot sizes wi the bit o threid I'd made him swallae.

Manny taen a wee meenit tae check oot aw the things that were on the plate.

Then he gaed ower tae the fridge and got oot an orange.

Sae that's how I got sent tae ma bed at 7:00 and I'm no doonstairs watchin the Hogmanay special on the telly.

And as weel as that, that's how ma anely New Year's resolution this year is never tae play wi Manny again.

Wednesday

I cam up wi a wey tae get some value oot yon Big Wheel Rowley gied us for Christmas. I inventit this gemme whaur wan o us rides doonhill on it and the ither yin tries deck him wi a fitba.

Rowley taen the first shot gaun doon the hill, and I had a turn wi the fitba.

It's pure solid tryin tae hit somethin that fast. And I hairdly got ony shots at it. It wis takkin Rowley aboot ten meenits tae walk the Big Wheel back up the hill efter every hurl.

Rowley kept yappin on aboot swappin sae that it wis me ridin the Big Wheel doon the street, but I'm no glaikit. That thing wis hittin thirty-five miles an oor easy, and it's no got ony brakes.

Onyweys, I didnae manage tae pap Rowley aff the Big Wheel, in the end. But at least it gies me a wee project tae wirk on for the rest o the Christmas holidays.

Thursday

I wis aboot tae gaun up tae Rowley's the day tae play oor Big Wheel gemme for a bit, but ma Maw telt me I wisnae gaun onywhaur until I'd got aw my Christmas thank-you notes done.

Weel, I thocht I'd be able tae jist rin thaim aw aff in the space o hauf an oor, but when it cam tae sittin doon and writin wan oot, ma mind wis a pure blank.

Thing is, it's no easy sayin thank-you for a load o guff ye never even wantit tae stairt wi.

I kicked aff wi aw the things that wirnae claes, because I thocht they'd be the easiest. But efter I'd cranked oot twa or three o thaim, I realised it wis jist the same patter I wis comin oot wi every time.

Sae whit I did, I rustled up a kind o general template on ma computer wi spaces for aw the bits I needit tae fill in masel. Efter that, writin oot the cairds wis nae bother at aw.

Dear Auntie Lydia,

Thanks awfy for the pure deid brilliant encyclopedia ye got me! How did ye ken it wis jist whit I wantit for Christmas?

I jist love the wey the encyclopedia looks on ma shelf! Aw ma pals will be well jealous that I've got ma verra ain encyclopaedia !

Muckle thanks for makkin this the best Christmas ever!

Aw the best, Greg

Ma wee scheme gaed awricht for the first couple o pressies, but it aw kind o fell tae bits efter that.

Dear Auntie Loretta,

Thanks awfy for the pure deid brilliant troosers ye got me! How did ye ken it wis jist whit I wantit for Christmas?

I jist love the wey the troosers looks on ma legs ! Aw ma pals will be well jealous that I've got ma verra ain troosers !

Muckle thanks for makkin this the best Christmas ever!

Aw the best, Greg

Friday

Weel, I finally pit Rowley aff the Big Wheel the day, but it didnae pan oot the wey I thocht it wid. I wis tryin tae skelp him on the shooder jist, but I timed it aw wrang and the baw gaed unner his front tyre.

Rowley tried tae save himsel by flingin his airms oot, but he cam doon awfy heavy on his left haun. Weel, I thocht he'd be up and on the bike again in nae time at aw, but he wisnae.

I tried gettin a smile oot o him, but aw the banter that usually has him laughin wisnae wirkin.

That's how I kent it must hiv been a richt sair yin.

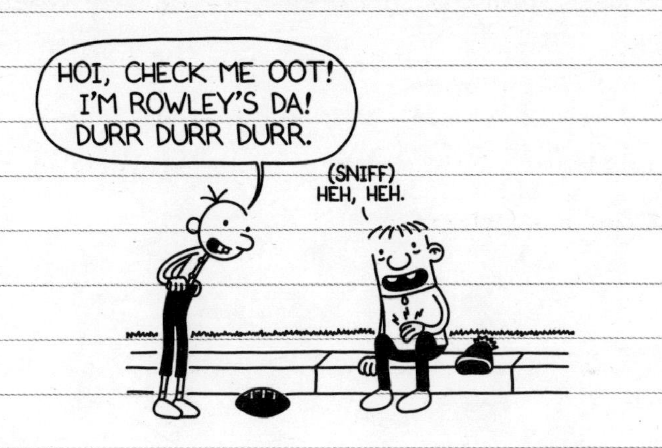

Monday

That's the Christmas holidays by, and we're back in at the schuil. Aw, and mind when Rowley taen a heider aff the Big Wheel? Weel, turns oot he'd broke his haun, and he's tae gaun aboot in a stooky for a bit. The wey awbody's cairryin on aboot it ye'd think he wis some kind o hero or that.

I thocht I could mebbe get in on the act a wee bit masel, but for some reason it didnae cam oot richt.

At lunch a load o lassies huckled Rowley ower tae their table sae they could FEED him.

It's pure no real. Best o it is, tae, Rowley's richt-haundit, and it's his LEFT haun that's gubbed. Sae he could feed himsel fine weel.

Tuesday

It looks like this sair haun scam o Rowley's is wirkin oot no bad, sae the day I thocht it wis time tae cam up wi a wee sair yin o ma ain.

I got some bandages fae the hoose, and I fankelt ma haun up in thaim tae mak it look like something had happened tae me.

Weel, I couldnae wirk oot how aw the lassies wirnae pure mobbin me the wey they had wi Rowley, but then I clocked whit the problem wis.

See, a stooky's a belter o a gimmick cause awbody wants tae stick their mention on it. But it's no easy tae write yer name on a bandage wi a pen.

Sae I cam up wi a wee wirk-aroond that wis jist as guid as faur as I wis concerned.

But that turnt oot tae be deid in the watter and aw. The bandage thing did get a few fowk sittin up and peyin attention, but they wirnae the kind o punters I wis wantin tae encourage, I can tell ye that.

Monday

That's us intae the third term at the schuil, noo, sae we've a hale load o new clesses. And wan o the clesses I've stuck ma nemme doon for is this yin cawed Independent Study.

Whit I really wantit wis tae sign up for Hame Ekies 2, cause I wis richt guid at Hame Ekies 1.

But bein guid at sewin disnae exactly win ye the respect o yer peers at this schuil.

Onywey, this Independent Study thing is somethin new they're tryin oot at the schuil for the first time.

Whit happens is the cless gets a project, and ye've aw tae wirk on it thegither wi nae teacher supervisin ye for the hale term.

The thing is, but, wance ye're aw finished, awbody in the cless gets the same merk. And I jist fund oot that Ricky Fisher is in ma cless, sae that's no the best.

Ricky's big pairty piece is that he'll scrape the chuggy aff the bottom o a desk and chew it for fifty pee. Sae I'm no exactly expectin oor cless tae pass wi fleein colours, pit it that wey.

Tuesday

We got oor Independent Study project the day. Ken whit it is? We've tae mak a robot.

Weel, awbody wis aw up tae high-doh tae stairt wi, cause we thocht that meant we had tae build a robot oot o thin air.

But Mr Darnell telt us it's no an actual robot we've tae mak. Aw we've tae dae is hammer oot a few ideas aboot whit oor robot wid look like and whit kinds o things we wid want it tae dae.

Then he left us tae it, and that wis us on oor ain. We stairtit comin up wi things richt awa. I wrote a load o oor ideas up on the blackboard.

Awbody wis pure dumfoonert that I wis comin oot wi aw these braw ideas, but it wis nae bother at aw. It wis jist a maitter o writin doon aw the stuff I dinnae like hivvin tae dae for masel.

But then a couple o the lassies cam up tae the front o the cless, and they'd got some notions o their ain. They rubbed oot o aw my ideas and they stairtit pittin up aw o theirs.

Like, they wantit tae dae a robot that wid gie ye tips on winchin AND hiv ten kinds o lip gloss on its fingirtips.

Weel, the laddies aw thocht this wis aboot the glaikitest thing we'd ever heard in oor puffs. Sae we wound up splittin intae twa groups, lassies and laddies. The laddies went tae the ither side o the room while the lassies aw stood aboot yappin.

Noo we'd managed tae get shot o aw the deidwid, it wis time tae get doon tae brass tacks. Wan o us had the notion that mebbe ye could tell yer name tae the robot and the robot wid say yer name back tae ye.

But then somebody said that ye shouldnae be able tae uise a sweary for yer name, because the robot shouldnae be able tae say bad wirds. Sae whit we did, wis, we cam up wi a list o aw the sweary wirds the robot widnae be alloued tae say.

We got doon aw the usual suspects nae bother, but then Ricky Fisher cam oot wi aboot twinty mair that nane o the rest o us had even heard o.

Sae fair play tae Ricky, we widnae hiv got onywhaur on the project wioot his quality input.

Jist afore the bell went, Mr Darnell cam back intae the cless tae see how we were gettin on. He liftit up the bit o paper we'd been writin on and gied it the wance ower.

I'll no bore ye wi the details, but that wis Independent Study oot the windae for the rest o the year.

Weel, it is for the boys, ony roads. Sae if aw the robots in the future are stoatin aboot wi cherry lip gloss insteid o fingirs, at least ye'll ken noo how that aw kicked aff.

Thursday

There wis a general assembly in the schuil the day, and they shawed us this same film they pit on every year, "It's Braw Tae Be Me".

Whit the film's aw aboot is how ye should be happy wi yersel the wey ye are and ye shouldnae gaun tryin tae chynge wha ye are or that.

Weel, if ye ask me, that seems like an awfy glaikit notion tae be pittin in the heids o bairns, especially the wans that gaun tae ma schuil.

Efter the film, there wis an annooncement that the schuil's lookin for fowk tae jine the Safety Monitors, and I gied that a wee bittie thocht.

See, if onybody even looks at a Safety Monitor the wrang wey, they can wind up gettin excludit. And the wey I see it, I could dae wi aw the extra hauners I can get.

And forby that, haein a wee bit authority ower fowk is somethin that'll ayeweys cam in uisefu.

Sae I gaed doon tae Mr Winsky's office and I pit ma name in the hat, and I got Rowley tae sign up and aw. I wis aw ready for Mr Winsky tae hiv us daein chin-ups or star jumps or that tae pruive we wir fit tae the task, but he jist haundit us oor belts and badges there and then.

Mr Winsky telt us the new Monitors were for a special assignment. See, oor schuil is richt next door tae the primary schuil, and there's a hauf-day nursery in there and aw.

He wants us tae chum the mornin-session kids up the road haufwey through the day. Richt awa I sussed that wid mean missin twinty meenits o Maths. Rowley must hiv wirked it oot and aw, because he stairtit tae open his yap. But I gied him a stoater o a nip unner the desk afore he could finish whit he wis sayin.

Talk aboot jammy. The bullies cannae touch me, I'm missin the first hauf o Maths, and I never even had tae lift a fingir.

Tuesday

Weel, the day wis oor first day as Safety Monitors. Me and Rowley dinnae actually hiv oor ain wee stations like aw the ither Monitors, sae that means we dinnae need tae staun ootside when it's pure Baltic for an oor afore schuil.

Coorse, we didnae let that stap us drappin intae the canteen for the free hot chocolate they dish oot tae the ither Monitors afore registration.

And as weel as aw that, ye get tae jist daunder intae yer first cless ten meenits late.

Tellin ye, I'm ontae an awfy guid thing wi this Safety Monitor gig.

At 12:15, me and Rowley left the schuil and walked the nursery weans back tae their hooses. The hale trip taen forty-five meenits easy, and there wis anely twinty meenits left o Maths by the time we got back.

Walkin the kids hame wis nae hassle, like. But then wan o the weans stairtit tae honk o somethin bowfin, and I thocht mebbe he'd skittered his breeks.

Weel, he wantit tae tell me aboot it, but I jist kept ma een fixed on the road and gaed on walkin. I'll tak the bairns hame, nae bother at aw, but I never signed on tae chynge ony nappies.

Wednesday

It snawed the day for the first time aw winter, and aw the schuils were aff. We were meant tae hiv a Maths test, but I've kind o taen ma fit aff the pedal a bit ever since I got this Safety Monitor gig. Sae I wis pure hyper.

I phoned Rowley and telt him tae cam ower. Me and him hiv been talkin aboot buildin the warld's biggest snawman for a couple o years, noo.

And when I say the biggest snawman in the warld, I mean the BIGGEST. I'm talkin Guinness Book o Records, here.

But ony time we've tried tae knuckle doon and gaun for the record, aw the snaw has meltit, and the baw's been on the slates. Sae this year I wantit tae get crackin soon as.

Wance Rowley got here, we stairtit wi rollin the first snawbaw tae mak the base. The wey I wis lookin at it, the base wis gonnae hiv tae be aboot eight fit jist by itsel if we were in wi a chance at this record. But then the snawbaw got awfy heavy, and we'd tae keep takkin wee breaks in atween pushes, jist tae stap fae gettin ower puggled.

Durin wan o oor breaks, ma Maw cam oot tae gaun doon the shops, and oor snawbaw wis blockin her motor in. Sae that wis a bit o somethin for naethin.

Efter we'd got oor braith back, me and Rowley got in aboot that snawbaw until we couldnae push it wan mair inch. And then we looked ahint us, and we saw whit a midden we'd made.

The snawbaw wis that heavy it'd pulled up aw the turf ma Da had jist pit doon last autumn.

Weel, I wis prayin for a wee bit mair snaw tae cover up the evidence, but then, jist like that, the snaw stapped awthegither.

Oor plan tae pit thegither the warld's biggest nawman wis stairtin tae faw tae bits. Sae I'd anither idea whit we could dae wi oor snawbaw.

See, ony time it snaws, the bairns fae Whirley Street are straicht ower tae gaun sledging on oor hill, never mind that they dinnae even bide in the same scheme as us.

Sae the morra's mornin, when the Whirley Street weans cam trauchlin up oor hill, me and Rowley are gonnae send thaim hamewards tae think again.

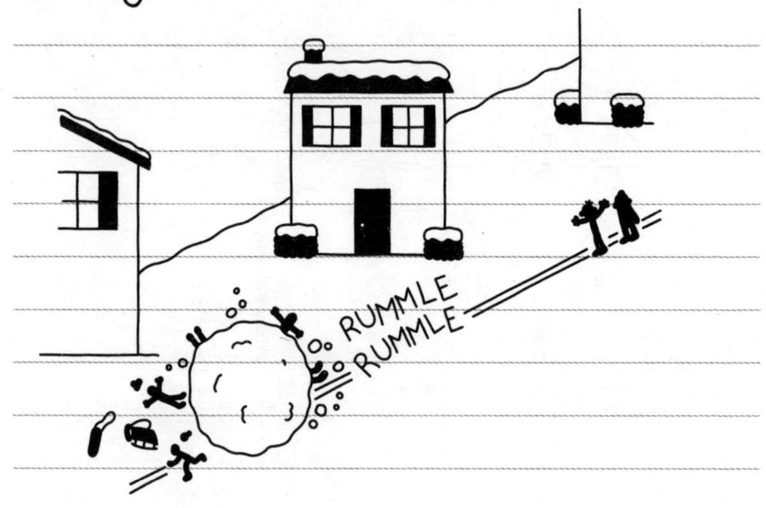

Thursday

When I got up the morn, the snaw wis awready stairtin tae melt. Sae I telt Rowley tae get his fingir oot and bomb it doon tae ma bit.

While I wis staunin there waitin on Rowley turnin up, I watched Manny tryin tae pit thegither a snawman oot o the wee totey dauds o snaw that were left ower fae oor snawbaw.

Nae kiddin, it wis eneuch tae bring a tear tae a gless ee.

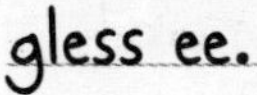

Weel, I couldnae help masel, like - I jist HID tae dae it. Thing wis, but, at that exact meenit ma Da decidit tae tak a swatch oot the front windae.

Ma Da wis AWREADY ragin at me for rippin up his turf, sae I kent this time ma tea wis oot. I heard the garage door openin and then ma Da cam mairchin oot. He'd a snaw shovel ower wan shooder, and for a meenit I thocht it wis mair than a tellin aff I wis in for.

But ma Da wis heided for ma snawbaw, no for me. And afore I could even say eechie or ochie, aw oor haird wirk had been smashed intae skitters.

Rowley got there a couple o meenits efter. I kind o thocht he'd be able tae see the funny side.

Weel, I dout he must hiv been richt lookin forrit tae rollin that snawbaw doon the hill, because he pure spat the dummy aboot it. But guess whit - it wis ME he taen a pure maddy at for somethin that ma DA did.

I telt Rowley tae stap bein a greetin face, and we'd a wee bit o handbags. Then, richt when it lookt like it wis gaun tae burst oot intae a full scale barney, we got jumped fae the street.

It wis a hit-and-rin by the Whirley Street gang.

If Mrs Levine, ma English teacher, had been there, I suppose that's the kind o thing she'd hiv said wis "ironic", eh no.

Wednesday

It wis in the schuil bulletin the day that there's a job gaun at the schuil paper daein the cartoons. There's anely room for wan comic strip in the paper, and up until noo this Bryan Little lad's been pure hoggin it aw tae himsel.

Bryan does this comic cawed "Dippit Dug", and it wis actually no bad when it first stairtit.

But this past wee while Bryan's jist been uisin the comic strip tae sort oot his private life. I dout that's how they've gied him the heave ho.

Weel, soon as I heard the news, I kent I had tae gie it a shot. Bryan is kind o a celebrity at oor schuil thanks tae "Dippit Dug", and I'm weel owerdue for ma fifteen meenits o fame.

I got a wee flavour o high schuil fame when I got honourable mention for this anti-smokin competition they did.

Aw I did, richt, wis draw roond a picture fae wan o Rodrick's heidbanger mags, but naebody wis ony the wiser.

The laddie wha got first place is cawed Chris Carney. And whit kind o sticks in ma craw aboot it is that Chris smokes at least a packet o cigarettes every day.

Thursday

Rowley and me decided tae pairtner up and dae a comic strip thegither. Sae efter schuil the day Rowley cam ower tae ma bit and we got doon tae business.

We wir pumpin oot a load o characters nae bother at aw, but that turnt oot tae be the easy bit. It wis when we tried tae cam up wi some jokes that we ran intae a deid end.

Then I came up wi a pure belter o an idea.

I inventit a comic whaur the punchline o every strip is "Snoof Ma Gandie!"

That wey we widnae hiv tae get aw fankled up wi writin jokes and aw that, we could jist focus on daein the drawins.

For the first twa or three strips, I did the writin and drew aw the fowk and that, and Rowley did the wee boxes aroond the pictures.

Rowley stairtit girnin aboot no hivvin onythin tae dae, sae I let him write a couple o the strips.

Bein honest wi ye, but, the quality o the strips kind o fell aff a bit wance Rowley stairtit daein the writin.

Efter a while, I got a bit fed up wi the hale "Snoof Ma Gandie" idea, and I kind o let Rowley tak ower the hale jingbang.

Weel it turns oot the anely thing Rowley is warse at than writin is drawin.

I telt Rowley we should mebbe try and cam up wi some new ideas, but aw he wantit tae dae wis mair "Snoof Ma Gandies". Then he packed up his stuff and went up the road, like it wis ony odds tae me. Ye'll no catch me fawin ower masel tae team up wi a lad that cannae even draw fowk wi nebs.

Friday

Weel, efter Rowley went hame the ither day, I got wired in tae some mair comics. I cam up wi this character cawed Dobbie the Doughbaw, and that wis me dancin.

DOBBIE THE DOUGHBAW by Greg Heffley

HULLO. MA NAME IS DOBBIE.

EH? YER NAME'S WRIGHT. FIRST NAME, NOAH.

I must've pumped oot twinty o the things, jist wan efter anither.

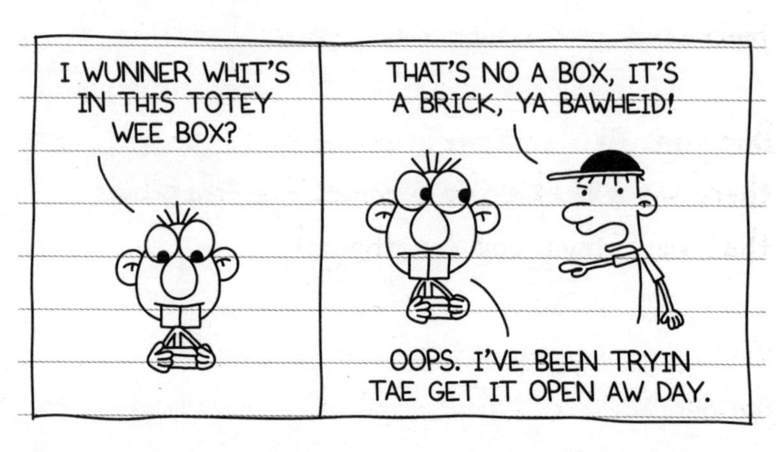

The best thing aboot ma "Dobbie the Doughbaw" strips is that wi aw these drongos dottin aboot the schuil, I'll NEVER be short o fresh ideas.

When I got intae the schuil the day, I cairtit aw ma comics up tae Mr Ira's office. He's the teacher that rins the schuil paper.

But when I went tae haun ma strips in, I seen there wis a muckle pile o comics fae ither kids that were tryin oot for the job.

Maist o thaim were pure honkin, sae I wisnae gonnae loss much sleep ower the competition.

Wan o the comics wis cawed "Tumshie Teachers", and it wis written by this laddie cawed Bill Tritt.

Bill's never done gettin detentions, sae I dout he's taen the humph wi jist aboot every teacher in the hale schuil, Mr Ira includit.

Sae it's safe tae say I'm no exactly sittin here bitin ma nails tae the quick, worryin aboot Bill's comic gettin the nod.

There wis actually yin or twa no bad yins in the tray. But I papped thaim unner a pile o forms on Mr Ira's desk.

Hopefully they'll no turn up again until I'm in Sixth Year.

Thursday

I wis sittin there durin the mornin annooncements when I finally got the news I've been waitin for.

The paper cam oot at lunchtime the day, and awbody wis readin it.

I wis pure deein tae nab a copy and see ma name in black and white, but I decidit jist tae act like it wis nae skin aff ma neb.

I planked masel at the end o the lunch table sae there'd be room for me tae dae autographs for ma new fans. But naebody wis trippin ower themsels tae tell me how guid ma comic wis, and I stairtit tae get the feelin somethin wisnae richt.

I scoofed up a paper and jouked intae the lavvy for a wee swatch. And when I seen ma comic, I near drapped doon deid.

Mr Ira telt me he'd made some "totey wee chynges" tae ma comic. Weel, I thocht he jist meant he'd fixed some spellin mistakes and that, but he'd totally marmalised it.

The comic he'd wastit wis wan o ma guid yins, tae. In ma version, Dobbie the Doughbaw is takkin a maths test, and he winds up swallaein it. Then the teacher roars at him for bein a total eejit.

Weel, by the time Mr Ira had finished wi it, you couldnae even tell it wis the same comic.

Dobbie the Deid Guid Student by Gregory Heffley

Teacher, if x+43 = 89, then whit wid x be?

Dobbie, x wid be 46!

Cheers. Fowks, if ye want tae lairn mair aboot maths, mak shuir and visit Mr Humphrey durin his office oors. Or check oot the new and impruived Maths and Science section in the library!

Sae It's safe tae say I'll no be signin ony autographs ony time soon.

MAIRCH

Wednesday

Me and Rowley were hooverin up oor hot chocolate in the canteen wi the rest o the Monitors the day when there wis an annooncement ower the speakers.

Sae Rowley gaed doon tae Mr Winsky's office, and when he cam back fifteen meenits later, ye'd think he had seen a ghost or somethin.

Whit had happened wis Mr Winsky had got a phone caw fae a parent wha said they'd seen Rowley "tormentin" the nursery bairns when he wis supposed tae be walkin thaim hame fae schuil. And Mr Winsky had totally went aff his heid.

Rowley said Mr Winsky had gied him a richt shirrackin for aboot ten meenits and telt him the wey he actit wis "a disgrace tae the badge".

Thing is, but, I think I micht ken whit aw this is aboot. See, last week Rowley had tae tak a test durin period fower, sae I walked the nursery weans hame on ma ain.

It had been bucketin doon that mornin, and the pavement wis pure hoachin wi worms. Sae I thocht I'd hiv a wee laugh wi some o the bairns.

But some wee wifey fae the scheme seen whit I wis up tae, and she pure roared at me fae her front step.

It wis yon Mrs Irvine that's pally wi Rowley's maw. She must hiv thocht I wis Rowley, cause I'd got a lend o his bunnet. And I wisnae in a hurry tae pit her richt, either.

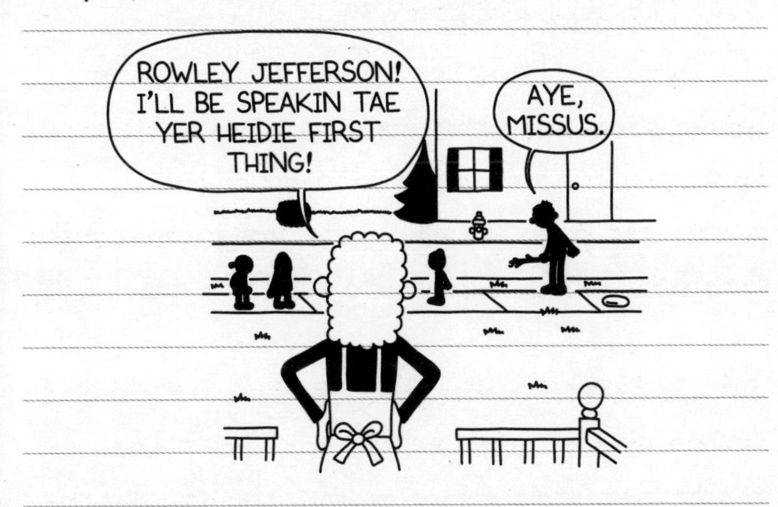

I'd forgot aboot the hale thing until the day.

Onywey, Mr Winsky telt Rowley he's tae say sorry tae the nursey weans the morra's morn, and he's bombed oot the Monitors for a week.

Weel, I kent I should jist gaun and tell Mr Winsky it wis me that wis rinnin efter the bairns wi worms. But I wisnae ready tae tak the faw jist yet. I mean, if I let on that it wis me, that'd be the end o ma mornin hot chocolate. And if naethin else wis gonnae mak me haud ma wheesht, jist that in itsel wid dae the job.

At denner the nicht, ma Maw could tell something wis eatin awa at me, so she cam up tae ma room jist efter for a wee blether.

I telt her I wis kind o up tae ma eyebaws in somethin, and I didnae ken whit tae dae.

Weel, hats aff tae ma Maw for how she haunled it. She didnae stick her neb in and try and get aw the hale story oot o me. Aw she said wis that I should try and dae "the richt thing", because it's oor choices that mak us wha we are.

That soonds aboot richt tae me. But I'm still no a hunner per cent on whit I'm gonnae dae the morn.

Thursday

Weel, I hairdly got a wink o sleep for thinkin aboot this Rowley business, but I finally made ma mind up. I realised that the richt thing tae dae wis tae let Rowley tak wan for the team, this time roond.

On the wey back fae schuil, I decidit tae level wi Rowley and I telt him the hale story aboot whit had happened, and that it wis me that had chased efter the bairns wi worms and that.

Then I said tae him that we'd baith lairned a lesson oot o this. I telt him that I'd lairned tae watch oot whit I get up tae in front o Mrs Irvine's hoose, and that he'd lairned an important lesson and aw, which wis tae think twice afore giein onybody a lend o yer bunnet.

Bein honest, but, I dinnae think Rowley wis really takkin it aw on board.

We were meant tae be hingin oot thegither efter schuil, but he said he wis jist gonnae gaun up the road and hiv a wee lie doon.

Ach, I couldnae blame him, but. If I'd no had ma hot chocolate the morn, I'd be gaun aboot like a hauf-shut knife and aw.

When I got in the hoose, ma Maw wis waitin on me at the front door.

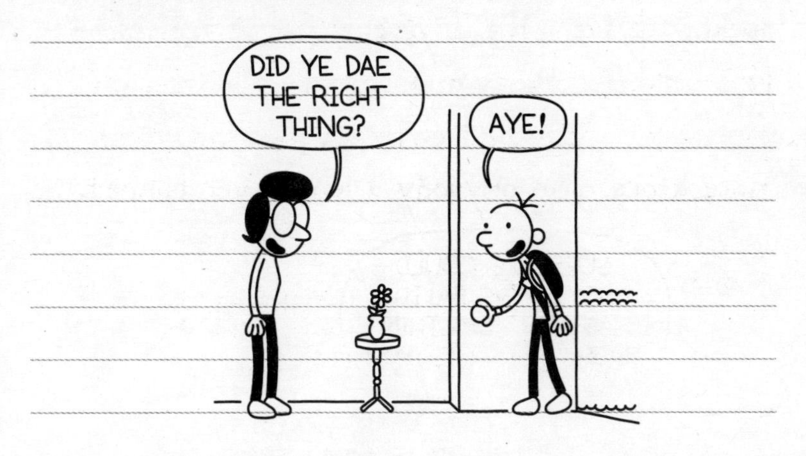

Sae ma Maw taen me oot for an ice cream as a wee reward. And if I've picked up onythin at aw fae this hale episode, it's that it's no such a bad idea tae listen tae yer mither every noo and again.

Tuesday

Weel, there wis anither annooncement ower the speaker system the day, and tae be honest wi ye, I'd kent this yin wis comin.

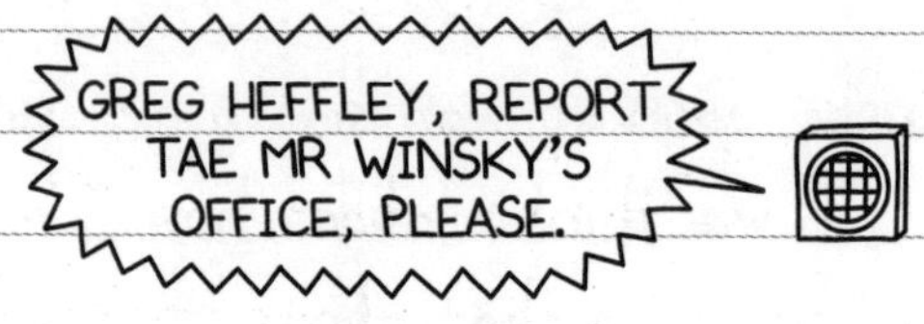

It wis anely ever gonnae be a maitter o time afore whit happened last week finally caught up wi me.

When I got tae Mr Winsky's office, he wis pure fizzin. He telt me that a "wee birdie" had said tae him that I wis really the wan tae blame for the hale worm-chasin thing.

Then he telt me that I wis gettin the heave fae the Safety Monitors, stairtin fae noo.

Weel, it widnae tak Scotland Yaird tae wirk oot that the wee birdie wis Rowley.

I cannae get ower Rowley stabbin me in the back like that. Aw the while I wis sittin there wi Mr Winsky gaun up wan side o me and doon the ither, I wis thinkin aboot how I'm needin tae gie ma wee pal a chat aboot stickin by yer freends.

Then later on the day, Rowley got pit back on the Monitors again. Best o it is, tae, he even got a PROMOTION. Mr Winsky says that he'd "actit wi dignity while wrangly accused".

Weel, I'd hauf a mind tae really get tore intae Rowley for grassin me up like that, but then I minded somethin.

In June, aw the heid yins oot the Safety Monitors gaun on a trip tae this muckle theme park, and they each get tae chuise wan pal tae tak wi thaim. Sae I've got tae mak shuir Rowley kens I'm his man.

Tuesday

Like I says afore, the warst bit aboot gettin the heavy dunt fae the Safety Monitors is nae mair hot chocolate first thing.

Every mornin, I gaun tae the back door o the canteen sae Rowley can tap us a wee skitter.

But either ma auld pal's went deef or he's ower busy sookin up tae the ither monitors tae spy me at the windae.

Fact, noo I think aboot it, Rowley's been giein me the dingy aw ower the shop this past wee while. That's kind o a bit shady, that, especially seein as it wis HIM that selt ME doon the river, no the ither wey aroond.

Weel, I tried tae get a wee rapport gaun wi him the day onywey, even though he's been actin like a pure spanner. But even THAT didnae get a reaction.

Friday

Ever since yon business wi the worms, Rowley's been hingin aboot wi Collin Lee efter schuil every day. Whit really does ma nut aboot that is that Collin wis meant tae be MA backup pal.

They're cairryin on like a richt pair o numpties. The day they were stoatin aroond in matchin t-shirts, and it jist aboot gied me the boke.

Efter denner the nicht, I saw Rowley and Collin walkin up the hill thegither, pallin aboot.

Colin had his owernicht bag wi him, sae I kent he wis awa up tae stey at Rowley's bit.

Sae I thocht tae masel, ken whit? Twa can play that gemme. If I wantit tae get my ain back on Rowley, the best wey wis tae cam up wi a new best pal. Thing wis, but, the anely person I could think o jist then wis Fregley.

Weel, I daundert on up tae Fregley's wi ma owernicht bag, jist sae Rowley could see he wisnae the anely yin that had ither pals.

When I got tae Fregley's, but, he wis oot his front gairden malkyin a kite wi a stick. That's when the thocht crossed ma mind that mebbe this wisnae such a guid idea efter aw.

But Rowley wis oot in his front gairden, watchin me. Sae I kent there wis nae gaun back.

I invitit masel intae Fregley's hoose. His maw said she wis gey made-up tae see Fregley wi a "playpal", which wis a wey o pittin it that I wisnae exactly thrilled aboot.

Me and Fregley gaed up tae his room. Fregley wantit me tae play Twister wi him, sae I made shuir and kept at least a ten feet distance atween us at aw times.

I'd made ma mind up that I should jist gie the hale stupit idea a chuck and gaun up the road. But ony time I looked oot the windae, Rowley and Collin were still in Rowley's front gairden.

I didnae want tae gaun until thae twa were awa ben the hoose. But things stairtit tae gaun a bit radge wi Fregley awfy quick. When I wis lookin oot the windae, Fregley went through ma backpack and wannered ma hale poke o jelly beans.

Weel, Fregley's wan o thae fowk that isnae meant tae eat sugar, sae twa meenits later he wis booncin aff the waws.

Fregley stairtit cairryin on like a pure loop-de-loop, and he chased me aw roond the upstairs.

I kept thinkin the sugar buzz wid wear aff efter a bit, but it didnae. Ended up I'd tae lock masel intae the cludgie tae wait for him tae calm doon.

Aboot 11:30, things quieted doon a bit oot in the lobby. That wis when Fregley shoved a wee note unner the door.

I picked it up and read it.

Dear Gregory,

I'm deid sorry I chased ye wi a snotter on ma fingir. Look, I've stuck it on this paper sae's ye can get me back.

That's the last thing I mind afore I passed oot.

When I came tae, it wis a few oors later. Efter I got up, I pushed open the windae a wee bit, and I heard snorin comin fae Fregley's room. Sae I decidit I wis makkin a dash for it.

Ma Maw and Da wirnae best pleased at me for draggin thaim oot their beds at twa in the mornin. But by then I wisnae even fussed.

Monday

Weel, that's me and Rowley been ex-pals for aboot a month noo, and if I'm bein honest wi ye, it's been nae big loss.

Fact, it's kind o a braith o fresh air, bein able dae whitever I like wioot hivvin aw that deid wecht draggin us doon.

I've been hingin oot in Rodrick's room efter schuil lately, and hivvin a rake through his stuff. The ither day, I dug oot wan o his auld schuil yearbooks.

Rodrick wrote on awbody's picture in his yearbook, sae ye're no left guessin whit he thought o thaim aw.

Every noo and again, I'll see yin o Rodrick's auld clessmates stoatin aroond toon. And if naethin else, I've got Rodrick tae thank for makkin gaun tae the kirk a bit mair interestin.

But the page in Rodrick's yearbook that really caucht ma ee wis the Cless Awards page.

That's whaur they've aw the picturs o the fowk that got votit Maist Popular and Maist Talentit and that.

Rodrick pit his comments on the Cless Awards page and aw.

MAIST LIKELY TAE SUCCEED

Bill Watson Kathy Nguyen

Tell ye whit, this Cless Awards thing has really got ma mind gaun.

Like, if ye can get yersel ontae yon Cless Awards page, fowk will ken wha ye are till the end o time. Even if ye dinnae live up tae whit ye were picked for, it's nae odds, because it'll ayeweys be doon there in black and white.

I mean, fowk still treat Bill Watson like he's a cut above, even though it finished up he drapped oot o high schuil.

We still see him doon the Food Barn fae time tae time.

Sae here's whit I'm thinkin: this schuil year has been a bit o a washoot, but if I can get votit tae win a Cless Award, at least I'll be gaun oot on a high.

I've been tryin tae think o an award I'd hiv the best chance at. Maist Popular and Maist Athletic are oot the windae, sae I'll need tae find somethin that's a bit mair practical.

At first I thought I should break oot the glad rags for the rest o the year sae I can mebbe win Best Dressed.

But then I'd hiv tae get ma photie taen wi Jenna Stewart, and she dresses like wan o thae Pilgrims fae the aulden days.

Wednesday

Last nicht I wis lyin in bed when it cam tae me: I should try tae win Cless Clown.

I ken naebody at the schuil thinks I'm funny, but if I could pull aff wan muckle prank afore the vote, that micht be eneuch tae swing it.

MAY

Thursday

The day I wis tryin tae wirk oot how tae snuve a drawin pin ontae Mr Worth's chair in History when he cam oot wi somethin that gied me second thochts.

Mr Worth telt us he'd a dentist's appointment the morra, sae we'd hiv a supply teacher. Weel, supply teachers are aye pure laughin stocks. Ye can say onythin ye like tae thaim, and they cannae dae hee-haw aboot it.

Friday

I daundert intae History cless the day, aw ready tae pull aff ma maister plan. But when I got in the door, guess wha the supply teacher wis?

O aw the fowk in aw the warld wha could hiv been daein supply, it had tae be ma Maw. I thocht her days o stickin her neb in at the schuil were ower wi.

She uised tae be wan o thae parents that cams in tae hauner the teachers in the clessroom. But then she volunteered tae help oot on a schuil trip tae the zoo when I wis in Primary Three, and that wis the end o that.

See, ma Maw had done up aw these haundoots tae help the bairns get the maist oot o the trip, but aw onybody wis bothert aboot wis watchin the animals dae the toilet.

But onyroads, that wis ma Maw totally wastin ma plan tae get Cless Clown. I'm jist lucky there's no an award for Biggest Mammy's Boy, because efter the day, naebody else wid hiv a look-in.

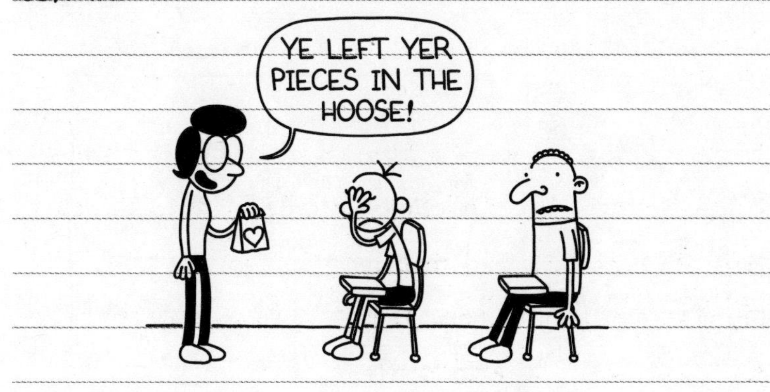

Wednesday

The schuil paper wis oot again the day. I jacked it in wi the comics efter the hale "Dobbie the Deid Guid Student" fiasco, and it wis nae odds tae me wha they got in tae replace me.

Awbody was pure endin themsels ower the comics page at lunch, sae I grabbed a copy tae see whit wis supposed tae be sae funny. And when I opened it up, I couldnae believe whit I wis seein.

It wis "Snoof Ma Gandie". And, o coorse, Mr Ira hidnae chynged a WIRD o Rowley's comic.

Snoof Ma Gandie by Rowley Jefferson

Awricht honey how's aboot you and me gaun oot on a date?

I'm no a burd I'm jist wan o thae dugs wi the lang hair sae I'll no bother wi yon date ta.

SNOOF MA GANDIE!

Sae noo Rowley's gettin aw the plaudits that I wis meant tae get.

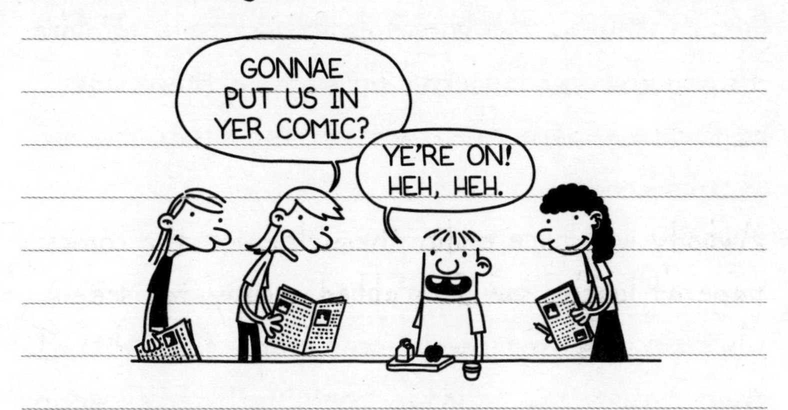

Even the teacher are pure sookin up tae him. I near eneuch boked when Mr Worth drapped his chalk in History cless –

Monday

I'm still pure bealin aboot this hale "Snoof Ma Gandie" thing. Rowley's takkin aw the bows for a comic the twa o us cam up wi thegither. Least he could dae is pit ma name on the strip and aw, as a co-creator or that.

Sae I gaed up tae Rowley efter schuil and telt him that wis whit he wis needin tae dae. But then Rowley says that "Snoof Ma Gandie" wis aw HIS idea, and that I never had onythin tae dae wi it.

I suppose voices must hiv been raised at that point, because the next thing ye ken, there wis a muckle crood o fowk aw staunin roond us.

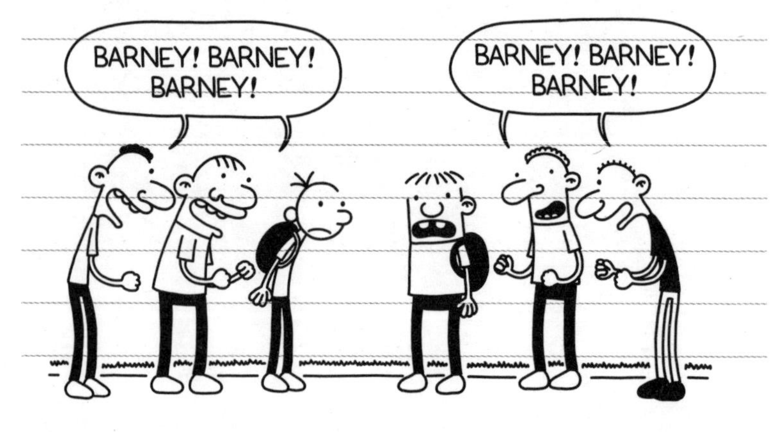

The stirrers at ma schuil are ayeweys gaggin tae see a stooshie. Me and Rowley tried tae walk awa, but thae boys wirnae gonnae let us gaun until they'd seen a few doolanders get flung.

I've never been in an actual fecht afore, sae I didnae ken how I wis supposed tae staun or pit ma mitts up or onythin. And ye could tell Rowley didnae really hiv a scooby whit he wis up tae either, because he jist stairtit prancin aboot like a ceilidh bandit.

It's no like I wis feart o takkin on Rowley in a square go, but I wis a bittie nervous aboot the fact that Rowley does karate. I dinnae ken whit kind o mad malky muives they teach in Rowley's karate clesses, but the last thing I needed wis for him tae deck me there and then.

Afore me or Rowley could stairt onythin, there wis a screichin soond fae the schuil caur park. A bunch o teenagers had pulled up in a pickup truck, and they were aw pilin oot.

I wis jist gled that fowk were aw watchin the teenagers noo, insteid o Rowley and me. But aw the ither kids pure boltit for it when the teenagers stairtit tae walk oor wey.

And then I minded that I'd seen these lads afore, somewhaur.

Then it cam tae me. These were the same guys that had chased Rowley and me on Halloween, and they'd finally tracked us doon.

But afore we could make a rin for it, they had oor airms up oor backs.

They wantit tae teach us a lesson for takkin the mickey oot o thaim on Halloween, and they stairtit gaun back and forrit aboot whit they were gonnae dae wi us.

Bein honest, but, ma mind wis kind o on ither things. See, the Cheese wis anely twa or three yairds awa fae whaur we were staunin on the basketbaw coort, and it wis that bowfin it made ye boke even tae look at it.

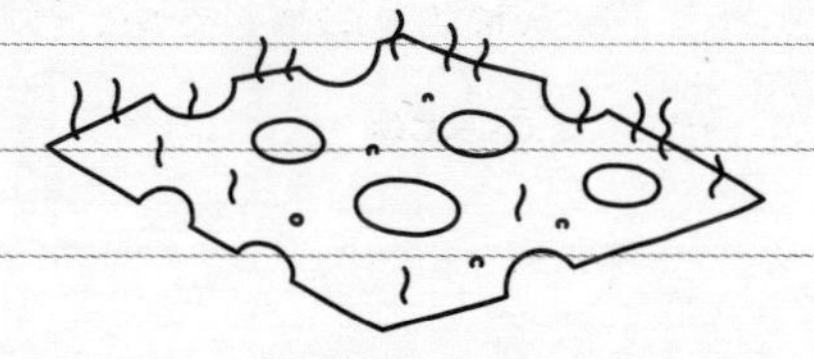

The mucklest teenager must hiv seen whit I wis daein, because the next thing I kent he wis checkin oot the Cheese and aw. And I suppose it must gied him the inspiration he wis lookin for.

It wis Rowley they went for first. The muckle lad pit hauns on him and huckled him ower tae the Cheese.

Look, I'm no wantin tae tell ye jist whit happened next. Because if Rowley ever tries tae rin for First Meenister or that and somebody finds oot whit these fellas made him dae, his bum'll be oot the windae.

Sae let's jist pit it this wey: they made Rowley ______ the Cheese.

And I kent they were gonnae mak me dae it and aw. Weel, I wis pure frantic, because I kent this wisnae a situation I'd be able tae fecht ma wey oot o.

Sae I stairtit up giein it aw ma best patter.

And wid ye believe it? It actually wirked.

Weel, the teenagers must hiv thocht they'd got their message across, because efter they'd made Rowley hoover up the rest o the Cheese, they let us gaun. They got back in their truck and hurled aff doon the road.

Me and Rowley walked hame thegither. But neither yin o us had an awfy lot tae say on the wey back.

I wis aboot tae ask Rowley how come he hidnae pulled aff some o his mad mental karate skills on thaim, but somethin telt me the timin wisnae richt.

Tuesday

Sae, at schuil the day, the teachers let us ootside efter lunch.

Well, it taen aboot five seconds flat fae us gettin oot tae somebody noticin that the Cheese wisnae still on the basketbaw coort whaur it usually is.

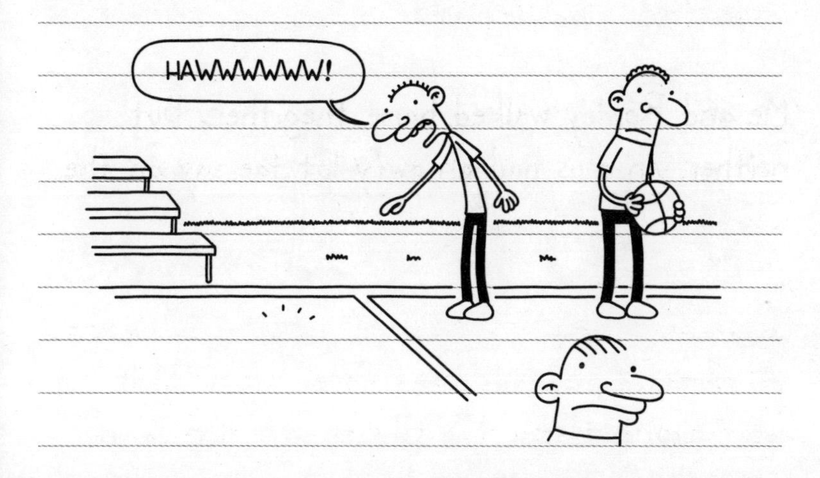

Awbody mobbed roond tae look at whaur the Cheese uised tae be. Naebody could get ower the fact it wis awa for guid.

Fowk stairtit comin up wi aw these mental stories aboot whit happened tae the Cheese. Like, somebody said mebbe the Cheese grew legs and done a rinner.

Weel, it taen aw ma self-control tae keep ma trap shut. If Rowley hidnae been staunin richt there, I honestly dinnae think I could hiv stapped masel fae sayin somethin.

A couple of the lads that were arguin aboot whit happened tae the Cheese were the same wans that were stirrin things up wi me and Rowley the ither day. Sae I kent it'd no be lang afore somebody put twa and twa thegither and wirked oot we'd had somethin tae dae wi it.

Rowley wis aw up tae high-doh, and nae wunner. If onybody ever got tae the bottom o whit happened wi the Cheese, it'd be aw ower for him. He'd need tae flit richt oot o the coonty, mebbe even the hale kintrae.

That's when I decidit tae say somethin.

I telt awbody that I kent whit had happened tae the Cheese. I'd got seek o it, wis whit, and I'd decidit tae get it aff yon basketbaw coort for wance and for aw.

For a wee meenit there, awbody went gey still. I thocht mebbe they were gonnae thank me for whit I'd done. Aye, and the band played believe it if ye like.

I really wish I'd said it jist a wee bit differently. Because if I chucked awa the Cheese, ye ken whit that meant. It meant I had the Cheesy Fingir.

Friday

Weel, if Rowley's grateful for whit I did for him last week, he's never said onythin. But we've stairtit hingin aboot efter schuil again, sae I dout that means me and him are back tae bein pals.

And, ken whit, it's no been that bad, hivvin the Cheesy Fingir. Swear doon.

It got me oot o daein the Kintrae Dancin unit in P.E., cause naebody wantit tae be ma pairtner. And I've a hale lunch table aw tae masel, every day.

It wis the last day o schuil the day, and they haundit oot the yearbooks efter eighth period.

I flipped straicht tae the Cless Awards page, and here's the coupon that wis starin oot at us.

Weel, ma answer tae that is, if onybody's lookin for a free yearbook, there's yin in the bucket at the back o the schuil canteen.

Ach, but ken whit? Rowley can hiv Cless Clown, for aw the odds it maks tae me. And if he ever stairts turnin aw Billy Big Time on us, I'll jist mind him - he's the wan that ate the ___________.

ACKNOWLEDGMENTS

There are many people who helped bring this book to life, but four individuals deserve special thanks:

Abrams editor Charlie Kochman, whose advocacy for *Diary of a Wimpy Kid* has been beyond what I could have hoped for. Any writer would be lucky to have Charlie as an editor.

Jess Brallier, who understands the power and potential of online publishing, and helped Greg Heffley reach the masses for the first time. Thanks especially for your friendship and mentorship.

Patrick, who was instrumental in helping me improve this book, and who wasn't afraid to tell me when a joke stunk.

My wife, Julie, without whose incredible support this book would not have become a reality.

ABOUT THE AUTHOR

JEFF KINNEY is a #1 *New York Times* bestselling author and six-time Nickelodeon Kids' Choice Award winner for Favorite Book for his *Diary of a Wimpy Kid* series. Jeff has been named one of *Time* magazine's 100 Most Influential People in the World. He is also the creator of Poptropica, which was named one of *Time's* 50 Best Websites. He spent his childhood in the Washington, D.C., area and moved to New England in 1995. Jeff lives with his wife and two sons in Massachusetts, where they own a bookstore, An Unlikely Story.